大工程文化颂歌

河北工程大学美育作品集

哈明虎　孙国栋　刘　胜　编著

河北大学出版社
·保定·

出 版 人：朱文富
责任编辑：徐延风
装帧设计：王占梅
责任校对：姚萌萌
责任印制：常 凯

DAGONGCHENG WENHUA SONGGE
HEBEI GONGCHENG DAXUE MEIYU ZUOPINJI

图书在版编目（CIP）数据

大工程文化颂歌：河北工程大学美育作品集 / 哈明虎，孙国栋，刘胜编著．-- 保定：河北大学出版社，2024.1
ISBN 978-7-5666-2288-4

Ⅰ．①大… Ⅱ．①哈… ②孙… ③刘… Ⅲ．①文艺－作品综合集－河北－当代 Ⅳ．①I218.22

中国国家版本馆 CIP 数据核字 (2024) 第 094885 号

出版发行：河北大学出版社
地址：河北省保定市七一东路2666号 邮编：071000
电话：0312-5073003 0312-5073029
网址：www.hbdxcbs.com
邮箱：hbdxcbs818@163.com
经 销：全国新华书店
印 刷：保定市正大印刷有限公司
幅面尺寸：215 mm × 215 mm
字 数：160千字
印 张：17.25
版 次：2024年1月第1版
印 次：2024年1月第1次印刷
书 号：ISBN 978-7-5666-2288-4
定 价：89.00 元

前　言

美育亦称美学教育、审美教育。《教育大辞典》（上海教育出版社,1990年版）将之解释为“使学生掌握审美基础知识、形成一定的审美能力、培养正确的审美观点的教育”。美育作为德智体美劳全面培养的教育体系重要组成部分，在落实立德树人根本任务、实现培根铸魂方面发挥着举足轻重的作用。习近平总书记高度重视学校美育工作，在2018年8月给中央美术学院8位老教授的回信中强调:“做好美育工作，要坚持立德树人，扎根时代生活，遵循美育特点，弘扬中华美育精神，让祖国青年一代身心都健康成长。”在同年9月召开的全国教育大会上，习近平总书记指出:“要全面加强和改进学校美育，坚持以美育人、以文化人，提高学生审美和人文素养。”这些重要指示为推动新时代学校美育改革发展指明了方向。

河北工程大学深入学习贯彻落实习近平总书记关于学校美育工作的重要指示精神，全力打造以大党建文化（特色党建文化）为引领，以大校训文化（校训校风）为核心，以向善文化、民生文化、团结文化、学科文化、创新文化、生态文化、艺术文化、体育文化、自强文化、安全文化、质量文化等为主干，以制度文化为全面保障的大工程文化体系（简称“大工程文化”）。2015年以来，学校全员全过程全方位开展“大工程文化育工程人”活动。美育作为大工程文化的重要组成部分，贯穿大工程文化育人全过程，产生了一批特色鲜明、水平较高、影响较大的作品。

第一，独具艺术特色的校园文化标识系统（本书第一部分）。2020年，学校立足70年办学的文化积淀和新时代持续跨越发展实践，凝练形成了以校训校徽校歌为核心的校园文化标识系统。校训“崇德尚善、精工铸新”涵盖4个成语（崇德报功、上善若水、精益求精、铸新淘旧），是对原校训“立德立志、善学善行”的传承与升华，蕴含邯郸赵文化之精髓，是学校文化的核心所在。以校训“崇德尚善、精工铸新”和新校区规划建设理念“工程学府、文化校园”16个大字为元素，以钢结构组成的艺术“画轴”坐落于南门内影壁山体前左右两侧，形成了一幅华美的艺术画卷，成为学校校园环境艺术文化亮丽的风景线。学校校徽由泰山石图形、数字1951、云纹图形、南门图形、中英文校名、四环、色彩等元素构成，简约大气且具动感，其文字释义包括19个成语。学校校园文化标识系统涵盖了环境艺术、装置艺术、设计艺术、书法艺术、文学艺术、音乐艺术等多个美育领域，是学校开展美育的核心载体。校歌歌词由22个成语组成（包括18个成语，以及构成校训“崇德尚善、精工铸新”的4个成语），叙写了学校之过去，书写了学校之现在，描绘了学校之未来，蕴藉丰富，语意流畅，质朴自然，具有较强的文学价值和艺术价值。校歌旋律以进行曲风格为主，兼有抒情性，三个乐段衔接自然流畅，铿锵有力、昂扬向上，富有号召力和感染力。

第二，独具时代和地方特色的校园文艺作品（本书第二、三、四部分）。学校紧跟时代发展脚步，立足邯郸丰厚历史文化资源和红色资源，创作了一批鲜活生动的文艺作品。抗击新冠疫情主题原创歌曲《爱在黎明的天》获评“全国校园抗击疫情主题原创歌曲 MV 作品创作活动”全国优秀作品，并作为活动首播歌曲在中国教育电视台滚动播出，在《学习强国》学习平台、央视网教育频道、中国青年报新媒体平台“青年眼”专题发布。学校在校园迁建过程中，由 126 名教职员工组成的迁建人，在学校迁建指挥部、搬迁指挥部的统一领导下，栉风沐雨、夙兴夜寐、忘我工作，形成了敢作敢当、善做善成的迁建精神。以迁建人为骨干集体创作的《拥抱新校区》《七律・迁建》《迁建颂歌》等合唱作品，成为推动学校高质量发展的重要精神财富。歌颂高校思想政治教育主力军辅导员队伍的原创歌曲《在一起》获评河北省第十三届精神文明建设“五个一工程”优秀作品奖。体现大学生创新创业文化精神的原创歌曲《创青春》获河北省第十三届文艺振兴奖。脱贫攻坚主题原创歌曲《幸福的根》(原名《平山情》)，获河北日报新媒体、河北共产党员网、《学习强国》河北平台专题发布并报道。2020 年开学季原创校园歌曲《梦想无限》受邀参与“‘青春有歌’开学季校园云歌会”录制，在中国教育电视台、中央广播电视总台音频客户端“云听”、新浪微博、哔哩哔哩网站等平台同步直播。学校自 2012 年起，连续十年开展原创毕业歌系列活动，共创作原创毕业歌 10 首、微电影 1 部、微电影主题曲 1 首、毕业季原创话剧 1 部，系列作品先后获评 2017 年度“全国十优毕业歌”、第三届全国最美校歌展播评选活动推介歌曲、全国校园歌曲创作推广活动 2019 年新时代校园原创歌曲、全国校园歌曲创作推广活动 2020 年全国校园优秀原创歌曲、第四届全国最美校歌展播评选活动 MV 优秀作品奖等多项国家级荣誉，活动成果《谱写原创毕业歌·唱响毕业生思想教育主旋律》获评河北省高校文化建设成果二等奖，作品在中央广播电视总台、中国教育电视台展播。合唱作品《兰陵王》，描述了兰陵王高长恭出征沙场时奋勇杀敌的场景，获得全国第四届大学生艺术展演二等奖。合唱作品《将相和》《我家住在回车巷》由发源于邯郸的完璧归赵、渑池之会、负荆请罪成语历史典故组成，宣扬了“海纳百川、有容乃大”，“将相和、平天下”的理念。根据摇着轮椅上北大、访哈佛的郭晖老师事迹改编的原创话剧《无茧不蝶》，在第二届河北省会大学生戏剧节展演时受到广泛好评。着眼生态文明建设创作的朗诵剧《地质人·绿水青山》获第五届全国大学生艺术展演一等奖和优秀作品奖。话剧作品《太行女杰——黄君珏》，讲述了在抗日战争中英勇牺牲的太行女杰黄君珏可歌可泣的英勇事迹，弘扬了邯郸革命文化，在河北省第五届大学生艺术展演中获得一等奖。

第三，独具学校特色的生态文化（本书第五、六部分）。学校高度重视校园环境文化营造，全力打造大美校园。为解决学校占地面积严重不足、办学地点十分分散等问题，学校 2015 年启动新校区规划建设。学校新校区规划占地 4098 亩，总规划建筑面积 97.31 万平方米，一期建筑面积 76.65 万平方米。新校区按照学科相近及促进学科交叉融合发展的原则以组团式进行整体布局，共建有五个教学组团、四个学生社区、三个大型学生食堂、三块集中体育场地，生活区、运动区就近安排在相应教学组团周围，“吃住行洗浴购”一站式服务模式运行，每个组团都可成为“校中校”以单独体系运行，为学生打造10分钟学习生活圈。组团之间设置便捷的校园公交、共享单车进行联通。校园主色调为赭红色。教学、办公、宿舍等主体建筑以红色搭配灰色，形成“恢宏”建筑风格；食堂等配套建筑以黄色搭配灰色，形成“辉煌”建筑风格，营造了良好的生活归属感和艺术吸引力。新校区打造有体现校训“崇德尚善、精工铸新”精神的崇德山、尚善林、精工湖、铸新碑以及樱花大道、海棠大道、月季大道、法桐环道、金枝槐环道、海棠园、海棠苑、月季园、松竹园、古枣园、石榴园等景观，初步形成了四季常青、四季有花有果、一路一景、一楼一景、一区一景、移步异景的大美校园。

第四，独具传统文化特色的古建筑艺术精品（本书第七部分）。古建筑艺术是中华优秀传统文化的重要组成部分，是古代工匠精神的集中体现。学校积极筹建古建筑艺术博物馆，现已拥有古建筑构件1700件（套），其中有10余件（套）藏品被国内知名专家组成的专家组认定为达到国宝级水平，特别是北朝人面瓦当、北朝排水石兽、北齐佛塔砖系列藏品属国内首次发现，学术价值巨大。国家博物馆、国家图书馆、河北省文物局，以及清华大学、同济大学、天津大学、华南理工大学等高校的专家来校参观指导后均给予高度评价，许多专家认为古建筑构件系列藏品在全国高校博物馆中“极具特色，独一无二”。博物馆现已成为新生入学教育的重要平台，建筑、土木、文博、艺术等专业的实习基地，大学生优秀传统文化教育的现场教学基地。

本书为近年来以河北工程大学师生员工为主原创的美育作品集（包括文化标识、校园歌曲、合唱作品、展演剧目、绘画作品、摄影作品等）以及古建筑艺术博物馆的部分藏品图片，展示了在大工程文化引领下的美育工作成果，为高校校园文化建设增添了绚丽色彩。

哈明虎

2021年5月

目　录

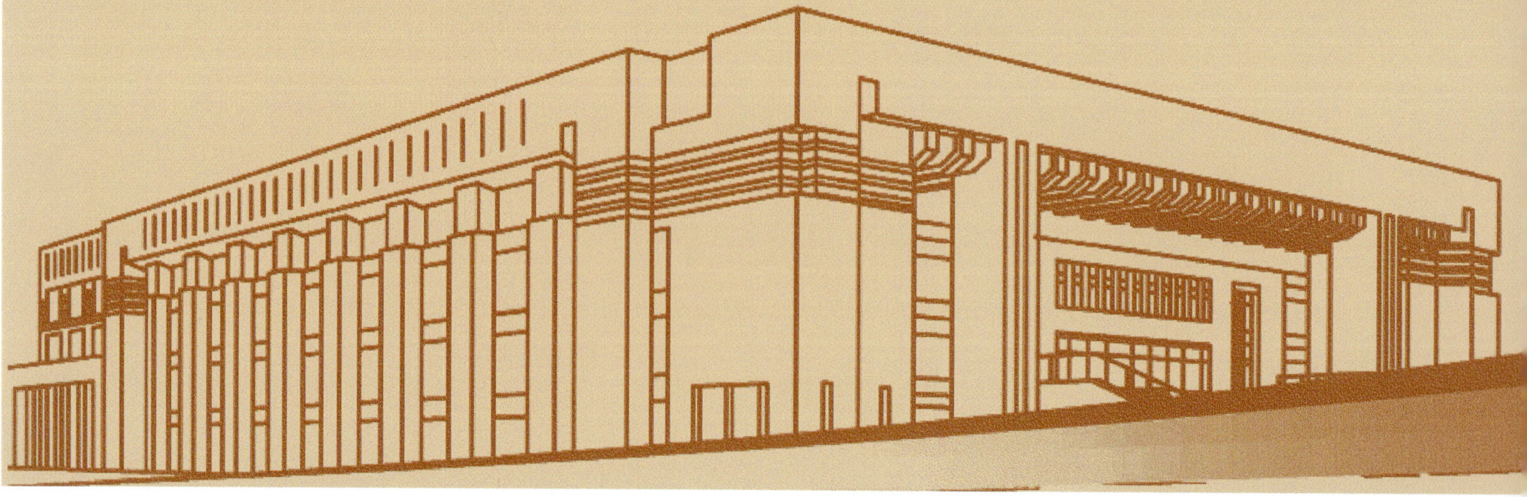

第一部分

文化标识

河北工程大学校训

崇德尚善
精工铸新

崇德尚善。崇德，指崇尚道德，取自成语“崇德报功”。尚善，指追求美好，亦同“上善”，取自成语“上善若水”。崇德尚善，指对立德树人根本任务的落实，对社会主义核心价值观的践行，对高尚道德情操的弘扬，对一切美好的追求。

精工铸新。精工，指精致工巧，源自成语“精益求精”。铸新，指创造新的，取自成语“铸新淘旧”。精工铸新，指对精益求精的工匠精神的发扬，对学术技术的执着，对开放创新的坚持，对卓越极致的探求。

崇德尚善、精工铸新，是对原校训“立德立志、善学善行”的传承与升华，蕴含邯郸赵文化之精髓，体现大工程观和新工科等工程教育理念，是人文精神与科学精神的融合，是红与专的统一，是德与技的结合，是学校文化的核心。

河北工程大学校徽

河北工程大学校徽由泰山石图形、数字 1951、云纹图形、南门图形、中英文校名、四环、色彩等元素构成。

泰山石图形取自于学校南门内广场景观山体中的巨石，石长 17.2 米，宽 2 米，高 4.5 米，重 318 吨，石龄逾 10 亿年，寓意河北工程大学人敢作敢当。1951 为学校追溯到的最早建校年份。云纹图形取自于学校古建筑艺术珍藏室所藏汉代如意云纹瓦当，象征学校事业青云直上，师生员工、校友吉祥如意。南门为学校主门，图形取自于南门中门，形似两个龙首，与云纹图形构成云起龙骧之态势，并与泰山石图形中神似的“双虎”形成龙腾虎跃之气象。学校中文校名由著名书法家欧阳中石题写，英文校名为 HEBEI UNIVERSITY OF ENGINEERING。四环为四个同心圆环，寓意学校由原河北建筑科技学院、华北水利水电学院邯郸分部、邯郸医学高等专科学校、邯郸农业高等专科学校四校合并组建而成。色彩包括红、黄、灰、蓝四种颜色。红色代表火热、激情、忠诚、幸福，寓意如火如荼、又红又专；黄色代表典雅、收获、智慧、光明，寓意春华秋实、蜚黄腾达；灰色代表浑厚、考究、深沉、成功，寓意敦本务实、寒灰更然；蓝色代表博大、深邃、梦想、永恒，寓意海纳百川、青蓝冰水。红黄灰组合色指对应的新校园建筑灰、红与灰、黄色调，寓意恢宏大度、灿烂辉煌。红黄灰蓝四种颜色，亦指学校由原河北建筑科技学院（灰）、华北水利水电学院邯郸分部（蓝）、邯郸医学高等专科学校（红）、邯郸农业高等专科学校（黄）四校融为一体并于 2019 年 9 月整体搬迁至大美新校园，寓意翻天覆地、荟萃一堂，顶天立地、济世安邦。

校徽共有三色（红黄灰）、红色、蓝色三个版本

河北工程大学校歌

校歌歌词由 22 个成语组成，其中包含构成校训“崇德尚善、精工铸新”的 4 个成语（崇德报功、上善若水、精益求精、铸新淘旧）。歌词分三节，分别叙写了学校之过去、现在与未来。释义如下：

河北工程大学坐落于国家历史文化名城、中国成语典故之都、中国历史上唯一三千多年没有更名的城市邯郸，依偎着“赫赫巍巍”的太行山。2019 年 9 月从蜿蜒秀美的滏阳河畔迁至“源远流长”的漳河岸边。新校园规划占地 4098 亩，并配套建有 691 亩教职工居住小区和附属中小学、幼儿园，办学条件和师生员工工作、学习、生活环境得到“翻天覆地”的变化。学校秉持“工程学府、文化校园”规划设计理念，历经四个寒暑，昼夜鏖战，整体垫土约 800 万立方米，在平均低于老城区 1.7 米的洼地上建成大美校园，实现了四个校区、十个校园分散办学到统一地点集中办学的壮举（“荟萃一堂”）。新校园投用之前，学校扎根燕赵大地，服务行业发展，矢志工程教育，创新工程文化，七十载弦歌不断。特别是“十二五”以来，根据办学实际，学校以外延式发展为重点，勇于改革（“胡服骑射”），“敢作敢当”。“栉风沐雨”，攻坚克难，取得新增河北省重点骨干大学、招收培养博士生和博士后、引进长江学者特聘教授和国家杰青基金获得者等三百余项零的突破或历史性突破，形成了持续跨越发展的强劲态势（“云起龙骧”）。

新校园的投用，在延续外延式规模化发展的基础上，吹响内涵式高质量发展的冲锋号。师生员工接续奋斗，“薪火相传”，人才培养、科学研究、社会服务、文化传承创新、国际交流合作取得越来越丰厚的业绩，流传越来越宝贵的精神和物质财富（“积厚流光”）。新校园天人合一，山色湖光，感召了越来越多的海内外专家学者和学子来校建功立业、求学深造（“钟灵毓秀”），学校和睦融洽，平安吉祥（“和气致祥”）。学校大力传承和弘扬“敦本务实”“知微知彰”的风尚，师生员工深受良好的熏陶和教育（“春风化雨”），在建设大师群集、大楼林立、大树满园、大气非凡、大有作为、大爱无疆的工程特色鲜明的高水平现代大学征程中乘势而上，大展宏图（“丹凤朝阳”）。

学校秉持“崇德尚善、精工铸新”校训精神，坚决落实立德树人根本任务，精准聚焦工程创新前沿，精心服务地方行业发展，着力培养德智体美劳全面发展的社会主义建设者和接班人（“顶天立地”），在实现国家富强、民族振兴、人民幸福的中国梦伟大征程中作出重要贡献（“济世安邦”）！

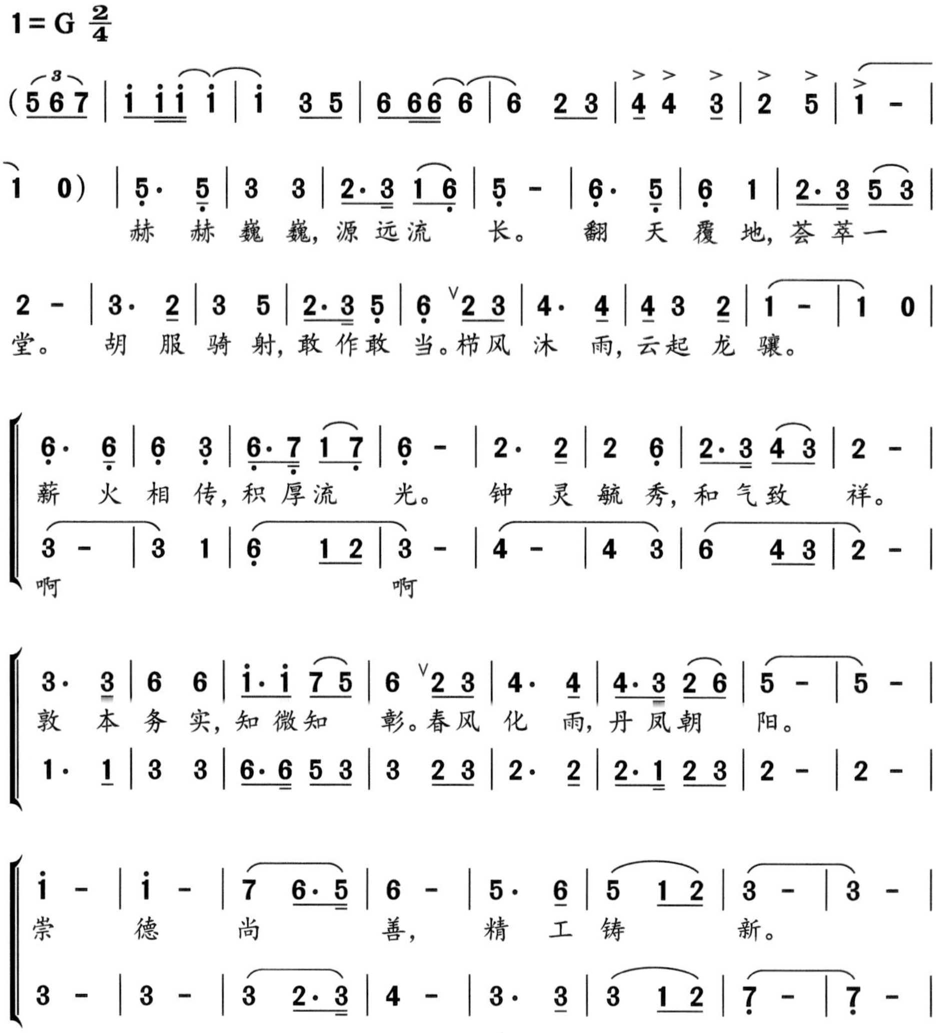
1=G 2/4
赫 赫 巍 巍，源 远 流 长。 翻 天 覆 地，荟 萃 一
堂。 胡 服 骑 射，敢 作 敢 当。栉风 沐 雨，云起 龙 骧。
薪 火 相 传，积 厚 流 光。 钟 灵 毓 秀，和 气 致 祥。
啊 啊
敦 本 务 实，知 微 知 彰。春风 化 雨，丹 凤 朝 阳。
崇 德 尚 善， 精 工 铸 新。

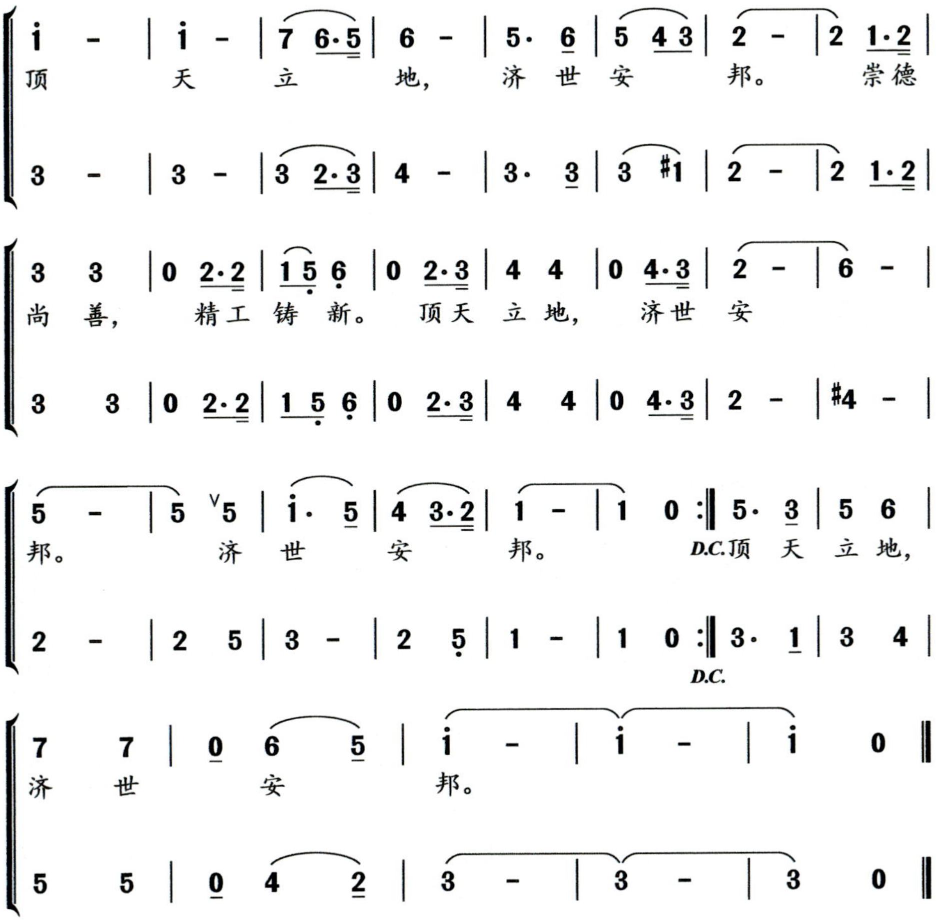

河北工程大学新校训、校徽、校歌歌词由学校大工程文化研究院主创，成员包括：哈明虎、刘胜、李怀、王彦林、侯居荏、万永彪、薛晴、孙国栋、王超。刘超、郭星、王世阳、杜瑞雪参加校徽设计。贾东水、刘心参加校歌歌词创作。校歌由张淑兰谱曲、蔺爱刚编曲。4100余名师生员工、校友参与过程稿讨论。

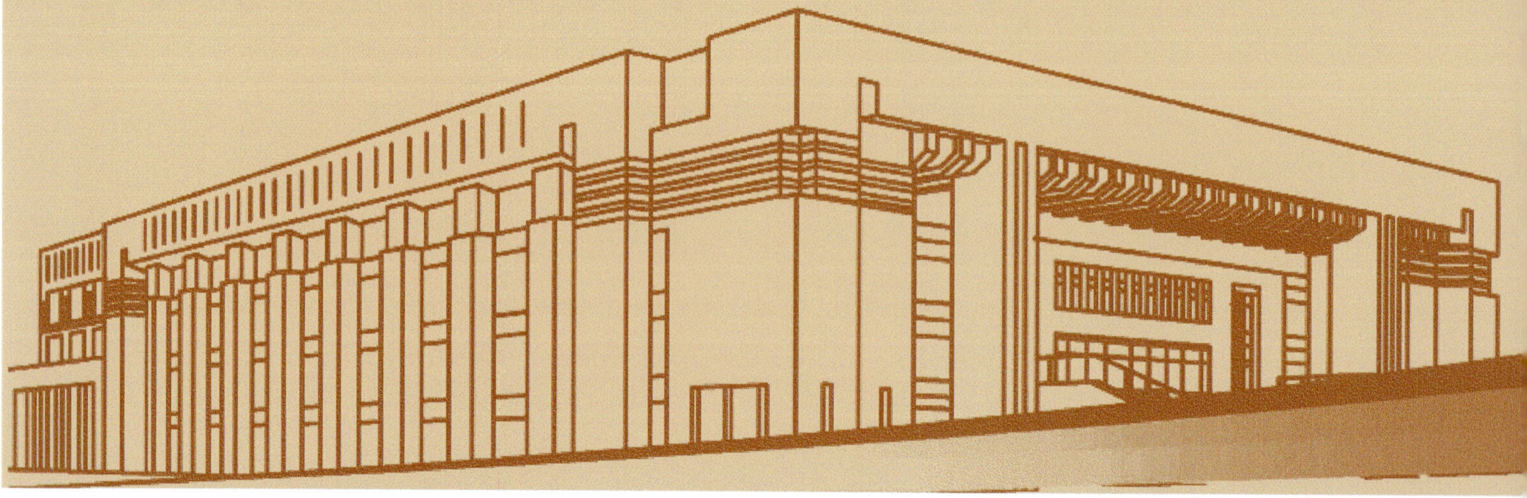

第二部分

校园歌曲

爱在黎明的天

哈明虎　刘　超　李　怀　等　词
刘　超　曲

《爱在黎明的天》为河北工程大学 2020 年抗击新冠疫情主题原创歌曲，创作于 2020 年 2 月 2 日。歌曲以“爱”与“坚强”为主题，旨在表达全国高校师生期待携手并肩，共同驱散乌云、撕开黑夜、迎接黎明的必胜决心。歌曲获评“全国校园抗击疫情主题原创歌曲 MV 作品创作活动”全国优秀作品，并作为活动首播歌曲在中国教育电视台滚动播出，在《学习强国》学习平台、央视网教育频道、中国青年报新媒体平台“青年眼”专题发布。

《爱在黎明的天》MV 截图

1=D 12/8 6/8 12/8
♩=64
不怕，浓浓黑夜的不安，不畏患难，在英雄的
江畔。感动，大爱无疆的潸然，因真情和
勇敢，为守护和羁绊。牵挂，跨万水
千山，心在一起爱让我们坚强不孤单。双
手拥抱的彼案，不负无数期盼，撕开了，天的黑暗。
坚强的我们，用如初的笑脸，相信明天，彩虹在
天边。让心手相连，爱的力量无限，拨开
间奏
1=B
乌云，爱在黎明的天！坚强的

我们 用如初的 笑脸, 相信 明天, 彩虹在
乌云, 爱在黎明的 天! 坚强的 我们, 用不屈的
笑脸, 迎接 明天, 彩虹已 在 天 边。心和手
相连, 爱的力量 无 限, 拨开 乌云, 爱在黎明的
天! 驱散 乌云, 爱 在 黎 明 的
天! 驱散 乌云, 爱在黎明的 天!

拥抱新校区

哈明虎　李　怀　刘　胜　词
张淑兰　曲

《拥抱新校区》为河北工程大学迁建新校区主题歌曲，表达了河北工程大学师生员工拥抱新校区、展望新天地的蓬勃朝气。河北工程大学新校区于2015年启动建设，规划占地4098亩，总规划建筑面积97.31万平方米，一期工程建筑面积76.65万平方米，于2019年6月建成投用，彻底解决了制约学校发展的瓶颈问题，开启了学校凤凰涅槃、浴火重生的新征程。

河北工程大学新校区今貌

朗诵：

古城东，工程迁，美好更来年。壮丽诗篇已写就，期待满心田。

工程人，工程心，传承有赓续。念念珍重昨日情，拥抱新校区，拥抱新——校——区！

1＝F $\frac{4}{4}$

♩=72

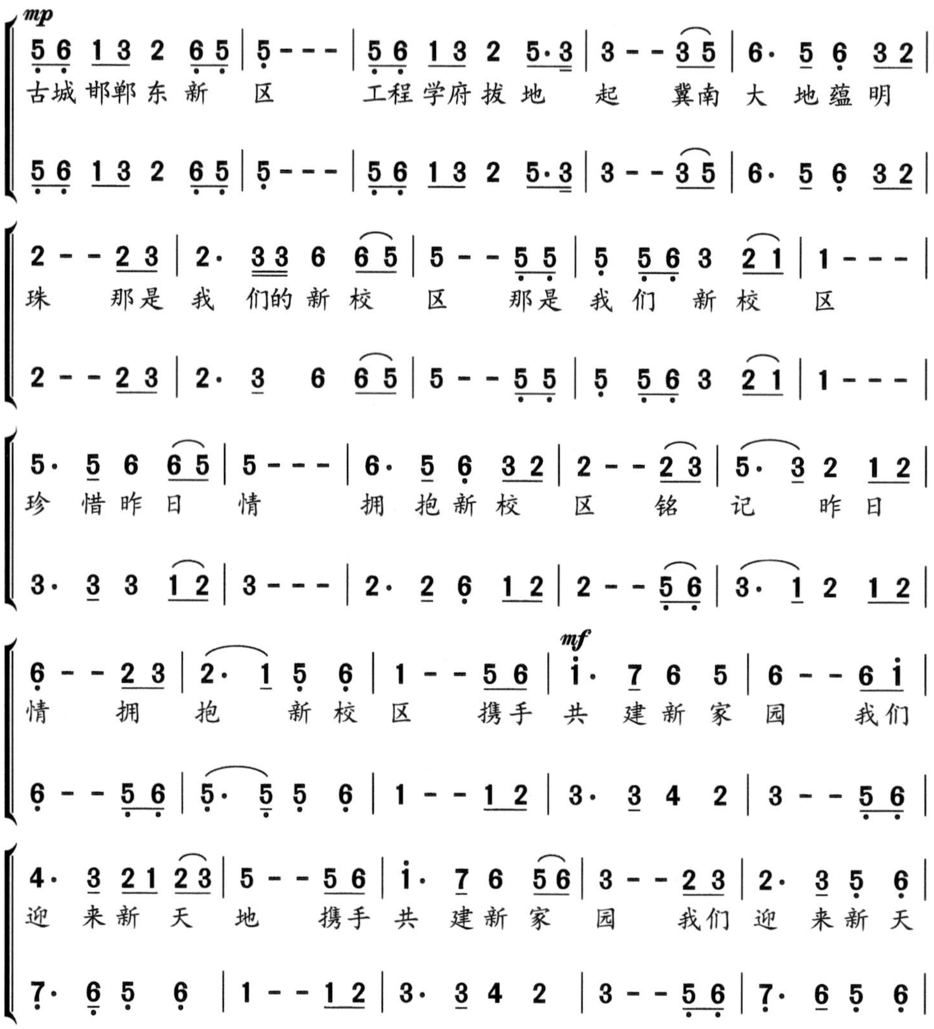

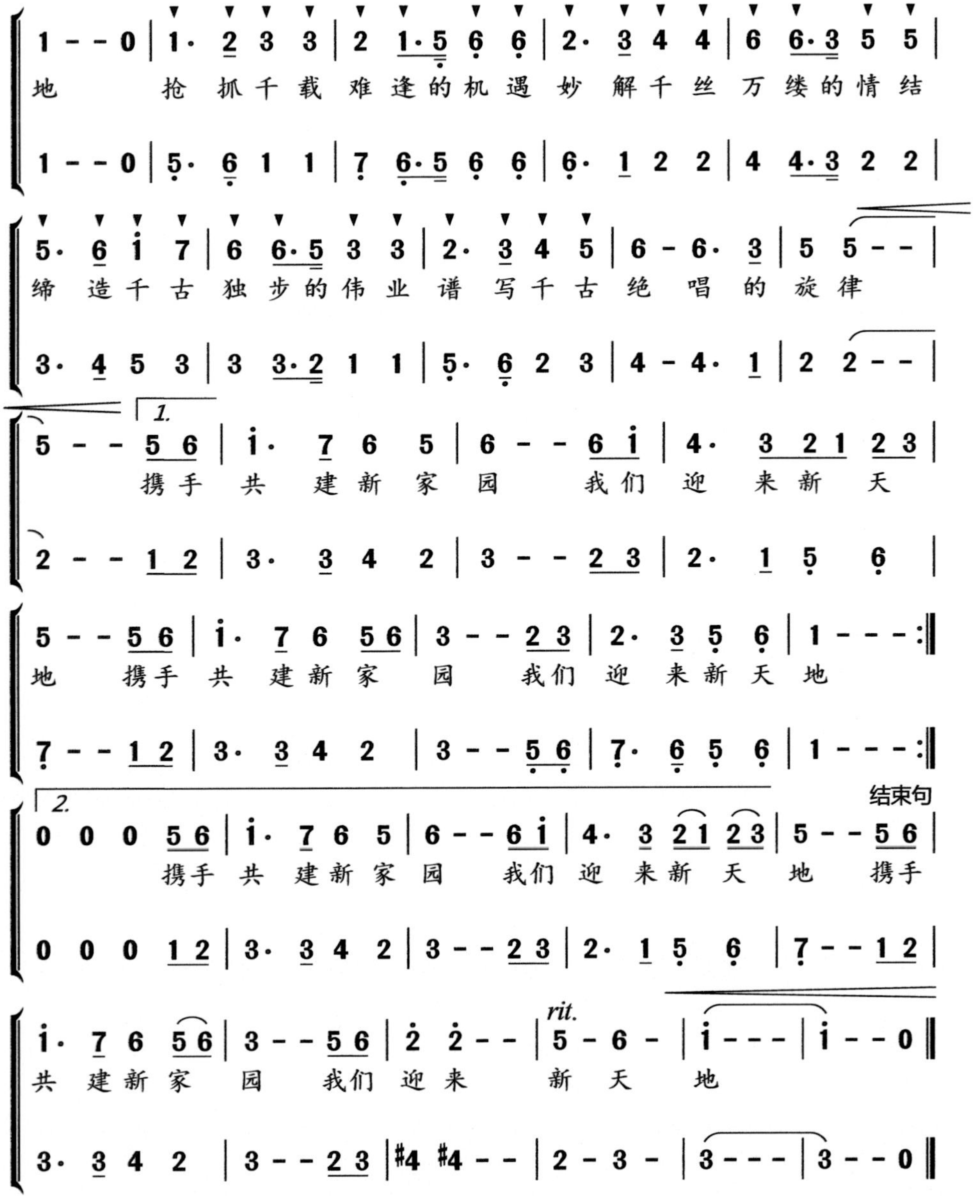
地 抢 抓 千 载 难 逢 的 机 遇 妙 解 千 丝 万 缕 的 情 结
缔 造 千 古 独 步 的 伟 业 谱 写 千 古 绝 唱 的 旋 律
1.
携 手 共 建 新 家 园 我 们 迎 来 新 天
地 携 手 共 建 新 家 园 我 们 迎 来 新 天 地
2.
结束句
携 手 共 建 新 家 园 我 们 迎 来 新 天 地 携 手
rit.
共 建 新 家 园 我 们 迎 来 新 天 地

七律·迁建

哈明虎　李　怀　词
孙国栋　曲

《七律·迁建》为河北工程大学迁建新校区主题歌曲，表达了河北工程大学师生员工在迁建过程中无畏困难的决心、铿锵有力的信念和喜迁新址的美好祝愿。河北工程大学新校区是高校自主建设、同时竣工面积较大、历时较短的成功案例，展示了省、市、校克服万难、落实科教兴国战略的坚强决心。

河北工程大学新校区南大门

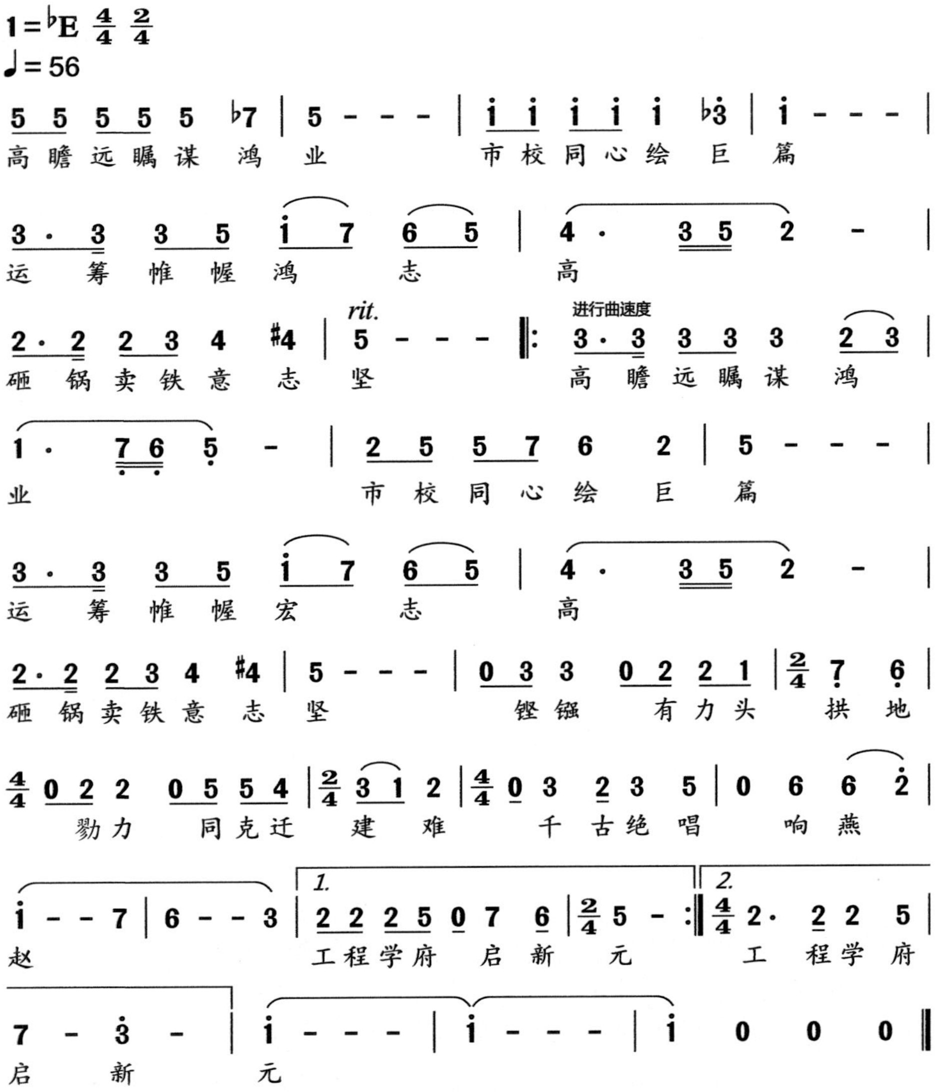
1=♭E 4/4 2/4
♩=56
高瞻远瞩谋鸿业　市校同心绘巨篇
运筹帷幄鸿志高
rit.
进行曲速度
砸锅卖铁意志坚　高瞻远瞩谋鸿
业　市校同心绘巨篇
运筹帷幄宏志高
砸锅卖铁意志坚　铿镪有力头拱地
勠力同克迁建难　千古绝唱响燕
1.
2.
赵　工程学府启新元　工程学府
启新元

迁建颂歌

河北工程大学迁建指挥部集体　词曲

《迁建颂歌》为河北工程大学迁建指挥部集体创作歌曲，汇聚了迁建指挥部集体对河北工程大学的热爱，描绘了迁建的过程与迁建工作者的辛苦与艰难，歌颂了迁建人坚韧不拔的精神。迁建过程中，河北工程大学师生员工特别是全体迁建人勠力同心、砥砺奋进，谱写了一曲曲感天动地的奋斗之歌。迁建过程中凝结的迁建文化，彰显了河工程人的逐梦精神、担当精神、奉献精神、工匠精神、团结精神，是推动学校发展的重要精神财富。

河北工程大学迁建指挥部成员集体合影

1=C 2/4
抢抓千载难逢的机遇，缔造千古绝唱的梦想，
为机遇，为梦想，咱们迁建人——砥砺携手，情系一方，
赤诚匠心，百年工程，
忙时累时，无人彷徨，苦时难时，更加坚强，责任使命，勇敢担
钢筋水泥，铁骨柔情，大美校园，人人向往，众志成城，铸就辉
当，咱们迁建人。缔造千古绝唱的梦想，咱们
煌，咱们迁建人。
迁建人。

在一起

王全福　词
孙国栋　吴晓玲　曲

《在一起》为河北工程大学歌颂高校思想政治教育主力军辅导员队伍主题歌曲，歌颂了河北省高校师生一家亲的深沉情怀。歌曲获评第十三届河北省精神文明建设“五个一工程”优秀作品奖，并在多家省市级媒体展播展演。

河北工程大学教师在邯郸电视台演唱《在一起》

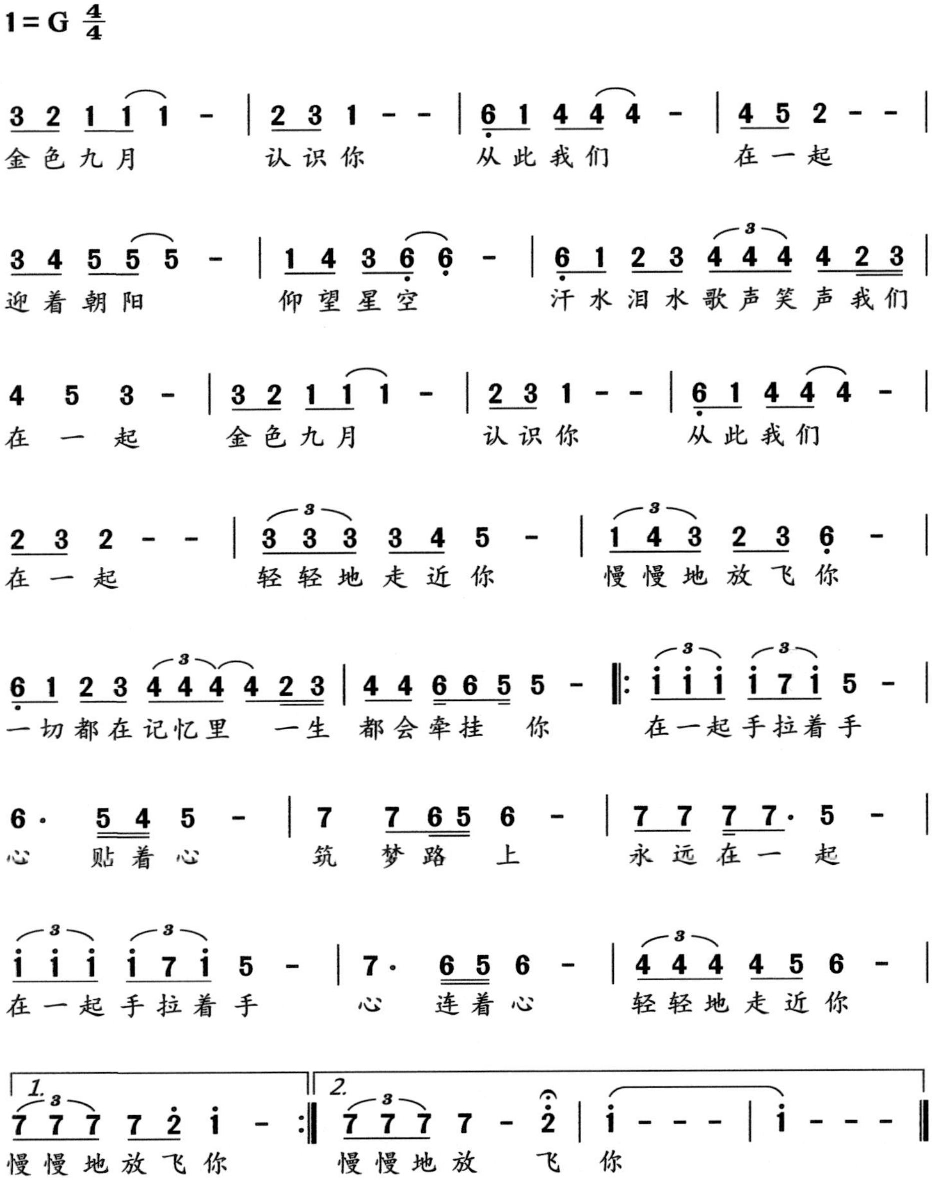
1=G 4/4
金色九月 认识你 从此我们 在一起
迎着朝阳 仰望星空 汗水泪水歌声笑声我们
在一起 金色九月 认识你 从此我们
在一起 轻轻地走近你 慢慢地放飞你
一切都在记忆里 一生 都会牵挂 你 在一起手拉着手
心 贴着心 筑 梦路 上 永远在一 起
在一起手拉着手 心 连着心 轻轻地走近你
1. 慢慢地放飞你 2. 慢慢地放 飞 你

创青春

李　漠　词
孙国栋　吴晓玲　曲

《创青春》为河北工程大学参加河北省大学生创业大赛决赛创作的主题歌曲，歌颂了大学生珍惜青春、不懈奋斗的精神状态和勇往直前、坚定不移的理想信念。歌曲获评第十三届河北省文艺振兴奖。

1=D 4/4
多少 曾经， 已然 离去， 饱含着 多少 纯粹 的美 好， 一路上
多少 昨天， 扑向 远处， 拥抱着 梦想最 单纯 的笑 脸， 一路上
1.
说说 笑笑， 一路上 走走 停 停， 寂寞路 上，青春 泪水的 修筑。
说说 笑笑， 一路上 走走 停 停， 窗口的
2.
风 吹起了青春光芒的 赌 注。最美 那一年， 感谢每一场 吹逆的风，最美
那一年， 给我机会和疯 狂， 最美 那一年， 珍惜这一段
大 好 时光， 最美 那一年，给我方向追逐和 飞翔。 创青
春，医治 你的 颓废和 健忘； 创青 春，闪耀 你的 智慧和 希望； 创青
春，医治你的麻木和 心墙； 创青 春，温暖你的眼眶和 心房。
我们是 青春！ 多少曾经， 已然离去， 包含着
多少纯 粹的美 好， 一路上 说说笑笑， 一路上 走走停 停， 寂寞路
上，是青春泪水的 修 筑。创青 D.S. 我们是，我们是，我们是，青 春！

新时代　新思想

刘　胜　词
孙国栋　曲

《新时代　新思想》为河北工程大学庆祝党的十九大胜利召开主题歌曲，描绘了中国共产党人在习近平新时代中国特色社会主义思想指引下，决胜全面建成小康社会的坚定信心和自豪情感，体现了师生员工对美好未来的期盼和展望。

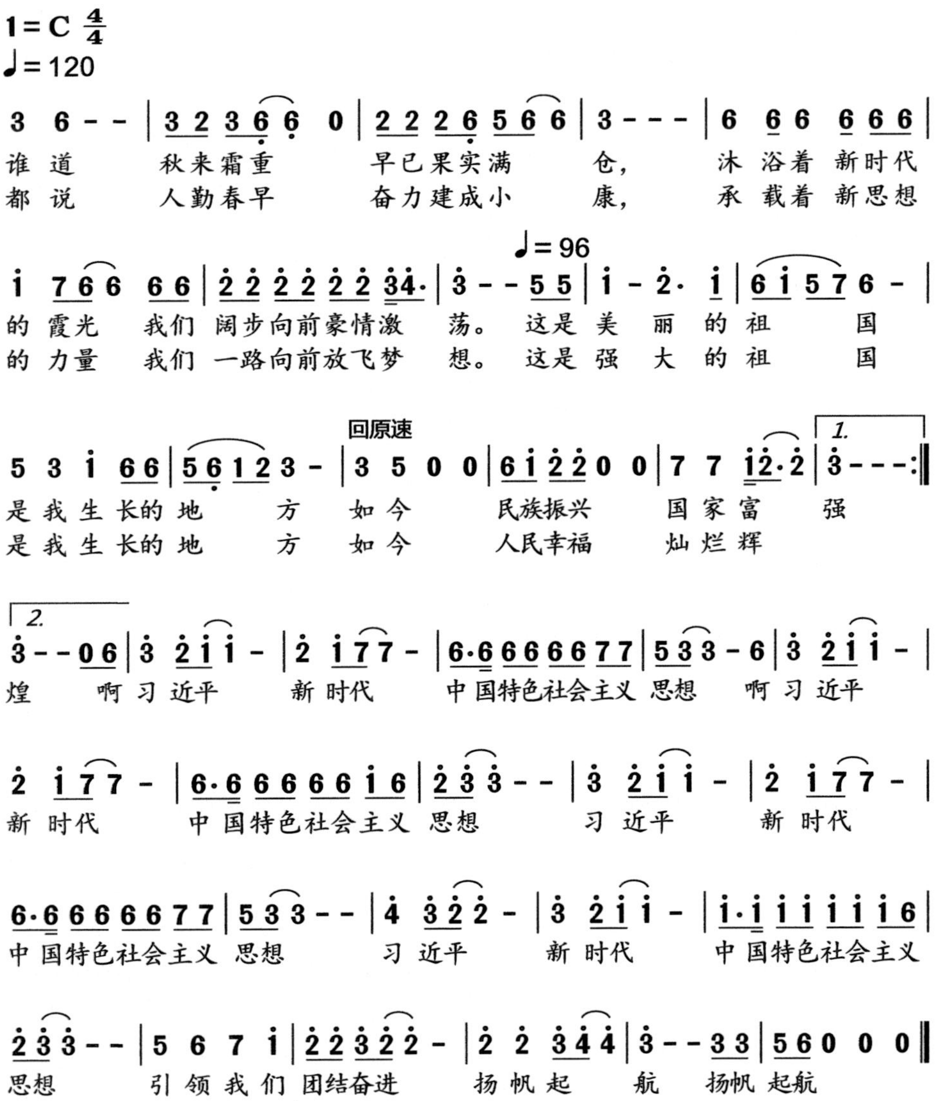
1=C 4/4
♩=120
谁 道　秋来霜重　早已果实满　仓，　沐 浴着 新时代
都 说　人勤春早　奋力建成小　康，　承 载着 新思想
♩=96
的 霞光　我们 阔步向前豪情激　荡。这是 美　丽　的 祖　国
的 力量　我们 一路向前放飞梦　想。这是 强　大　的 祖　国
回原速
是 我 生 长的 地　方　如 今　民族振兴　国 家 富　强
是 我 生 长的 地　方　如 今　人民幸福　灿 烂 辉
煌　啊 习 近平　新 时代　中国特色社会主义 思想　啊 习 近平
新 时代　中 国特色社会主义 思想　习 近平　新 时代
中 国特色社会主义 思想　习 近平　新 时代　中 国特色社会主义
思想　引 领 我 们 团结奋进　扬 帆 起　航　扬帆 起航

风雪中走来贴心人

李广堂　杨青山　词
蔺爱刚　张淑兰　曲

《风雪中走来贴心人》为河北工程大学脱贫攻坚主题歌曲。2020 年是全面打赢脱贫攻坚战收官之年，广大扶贫干部深入贫困山村，以政策温暖人心，以科技打开门路。歌曲立意高远，音调绵长，充满人文关怀，歌颂了风雪中走来的“贴心人”。

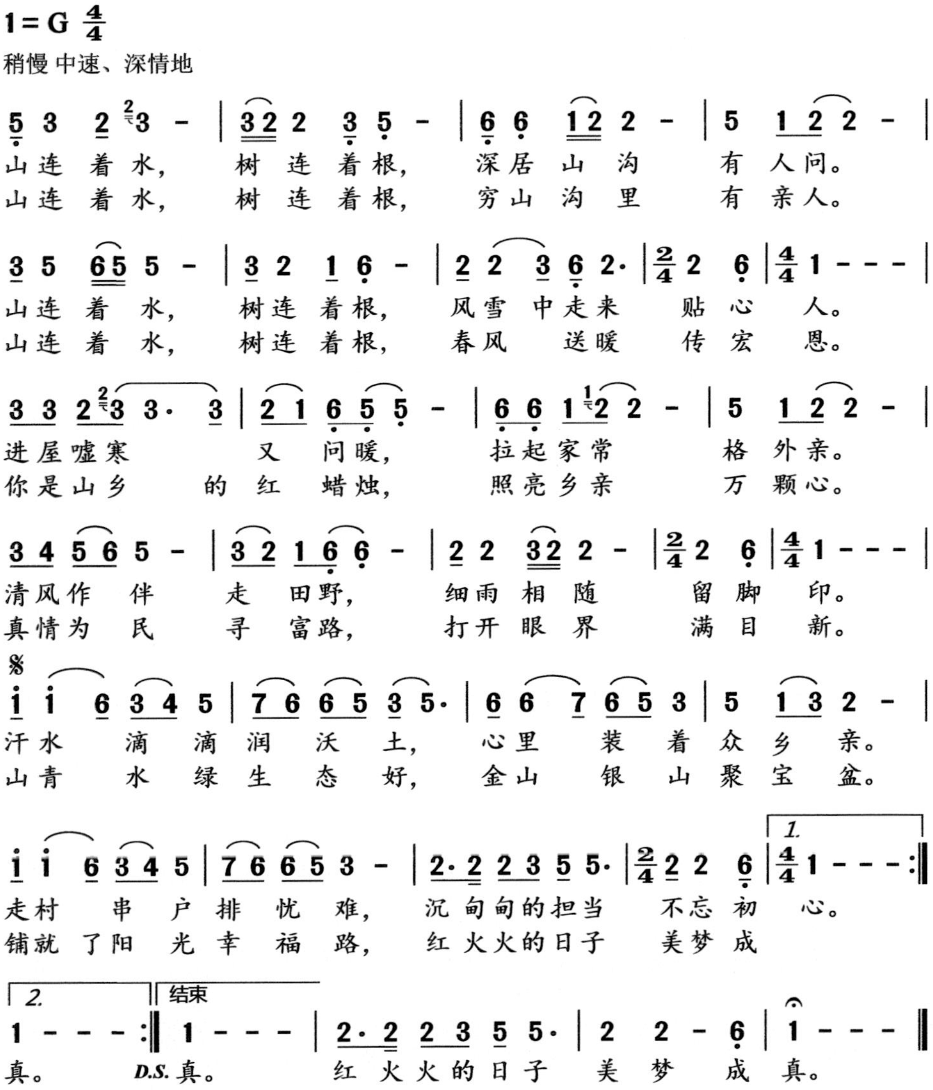
1=G 4/4
稍慢中速、深情地
山连着水，树连着根，深居山沟有人问。
山连着水，树连着根，穷山沟里有亲人。
山连着水，树连着根，风雪中走来贴心人。
山连着水，树连着根，春风送暖传宏恩。
进屋嘘寒又问暖，拉起家常格外亲。
你是山乡的红蜡烛，照亮乡亲万颗心。
清风作伴走田野，细雨相随留脚印。
真情为民寻富路，打开眼界满目新。
汗水滴滴润沃土，心里装着众乡亲。
山青水绿生态好，金山银山聚宝盆。
走村串户排忧难，沉甸甸的担当不忘初心。
铺就了阳光幸福路，红火火的日子美梦成
1.
2.
真。
结束
D.S.
真。
红火火的日子美梦成真。

鼓山谣

冯小工　词
蔺爱刚　曲

《鼓山谣》为河北工程大学歌颂地方文化主题歌曲，描绘了秀丽清新的鼓山滏水，诉说着神奇土地上的动人传说，抒发着人们对这片蕴含乌金宝藏的热土深深的眷恋之情。鼓山位于邯郸西部，北起武安市粟山，南至峰峰临水，全长 21 公里，平均宽 5 公里，海拔 891 米。鼓山及其四周，既有山川河流，又有名胜古迹，堪称冀南名胜，其洞内凿有大小佛像 3400 余尊，主要为北齐雕凿，隋唐宋元明各代均有增刻，是我国石窟艺术的宝贵遗产。

鼓山一角

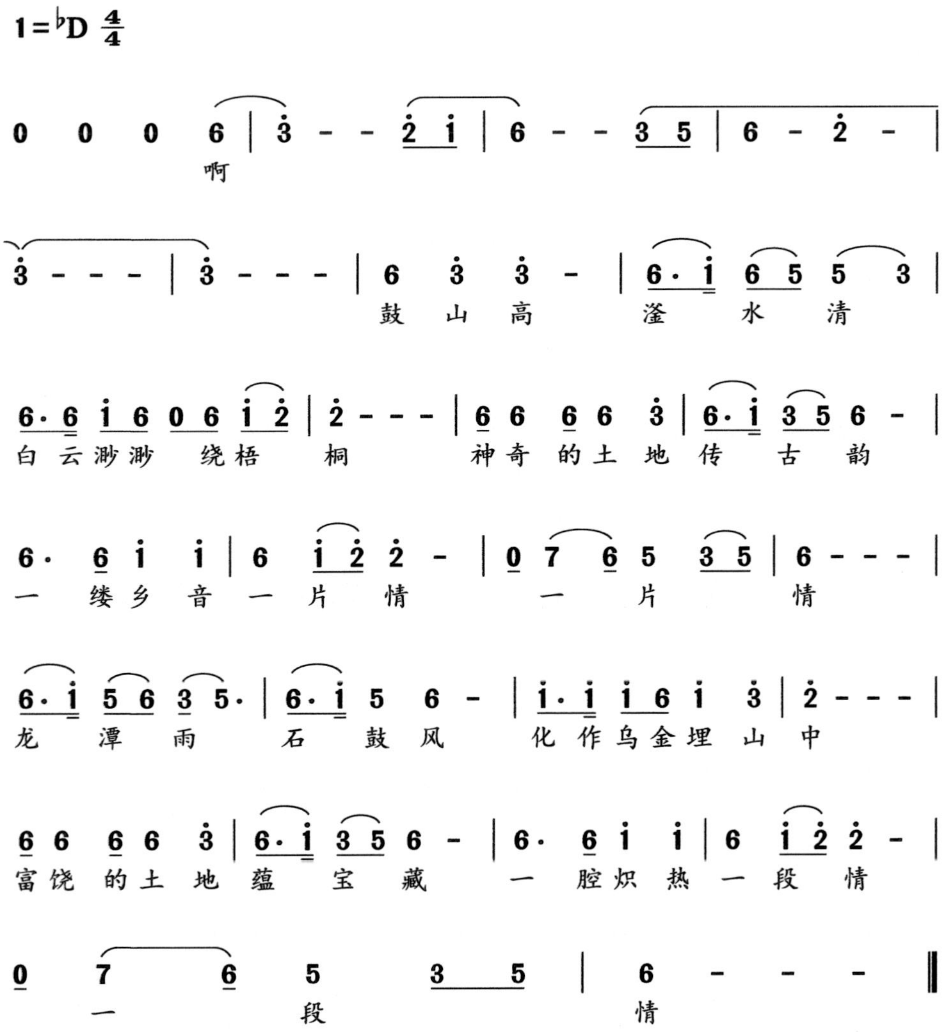
1=♭D 4/4
啊
鼓山高　滏水清
白云渺渺绕梧桐　神奇的土地传古韵
一缕乡音一片情　一片情
龙潭雨石鼓风　化作乌金埋山中
富饶的土地蕴宝藏　一腔炽热一段情
一段情

邯郸味

陈少斌 词
蔺爱刚 曲

《邯郸味》为河北工程大学歌颂地方文化主题歌曲，以邯郸美食美景为创作主题，歌颂了邯郸人民的勤劳与智慧。歌曲融合了传统戏曲的韵律和现代器乐的金属元素，彰显了邯郸人民的慷慨豪情与新时代的精神风貌。

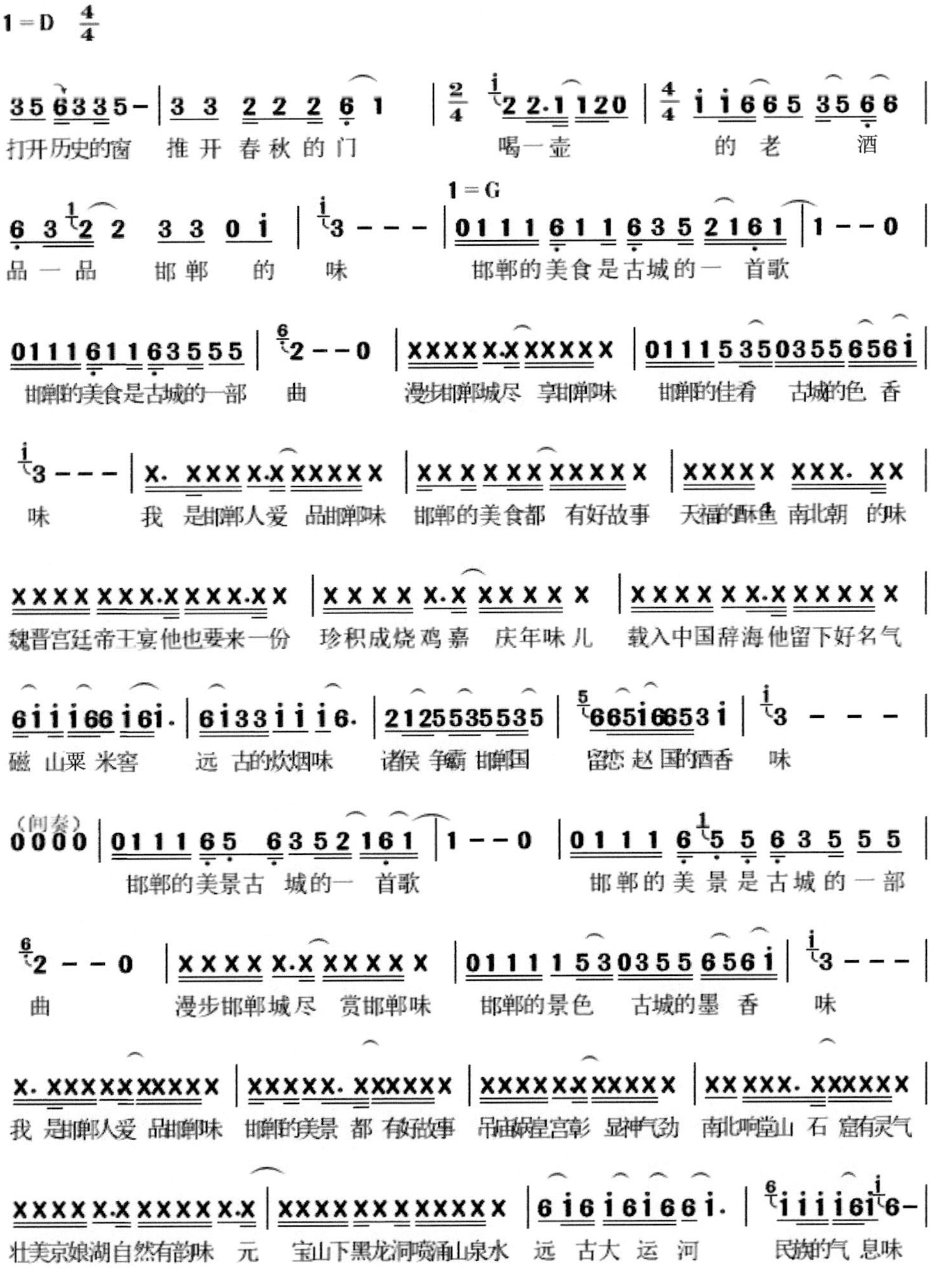
1=D 4/4
打开历史的窗 推开春秋的门 喝一壶 的老 酒
品一品 邯郸 的 味
1=G
邯郸的美食是古城的一 首歌
邯郸的美食是古城的一部 曲 漫步邯郸城尽 享邯郸味 邯郸的佳肴 古城的色 香
味 我 是邯郸人爱 品邯郸味 邯郸的美食都 有好故事 天福的酥鱼 南北朝 的味
魏晋宫廷帝王宴他也要来一份 珍积成烧鸡嘉 庆年味儿 载入中国辞海他留下好名气
磁 山粟 米窖 远 古的炊烟味 诸侯 争霸 邯郸国 留恋 赵 国的酒香 味
(间奏)
邯郸的美景古 城的一 首歌 邯郸的美 景 是 古 城 的 一 部
曲 漫步邯郸城尽 赏邯郸味 邯郸的景色 古城的墨 香 味
我 是邯郸人爱 品邯郸味 邯郸的美景 都 有好故事 吕祖娲皇宫彰 显神气劲 南北响堂山 石 窟有灵气
壮美京娘湖自然有韵味 元 宝山下黑龙洞喷涌山泉水 远 古大 运 河 民族的气 息味

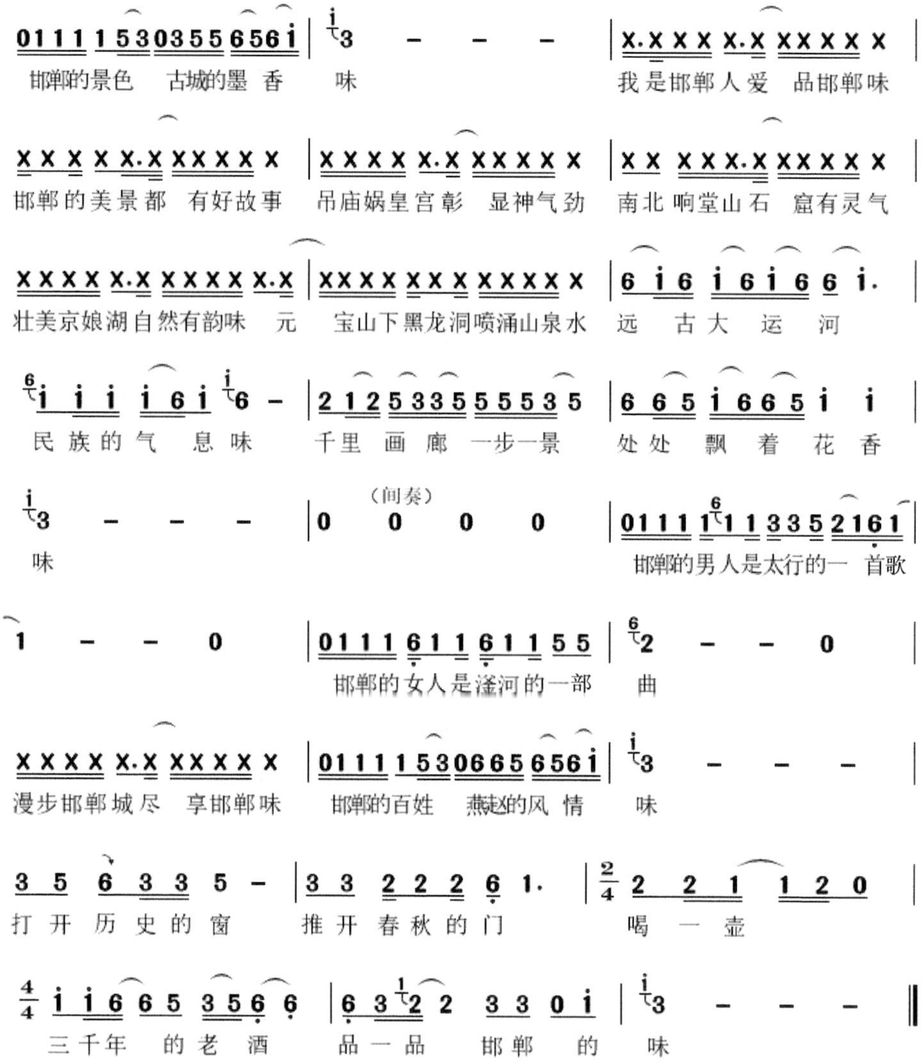
邯郸的景色 古城的墨 香 味
我是邯郸人爱 品邯郸味
邯郸的美景都 有好故事
吊庙娲皇宫彰 显神气劲
南北 响堂山石 窟有灵气
壮美京娘湖自然有韵味 元
宝山下黑龙洞喷涌山泉水
远 古大 运 河
民族的气 息味
千里 画 廊 一步一景
处处 飘 着 花 香
味
（间奏）
邯郸的男人是太行的一 首歌
邯郸的女人是滏河的一部 曲
漫步邯郸城尽 享邯郸味
邯郸的百姓 燕赵的风 情 味
打开历史的窗 推开春秋的门 喝一壶
三千年 的老 酒 品一品 邯郸 的 味

邯郸谣

陈少斌　词
蔺爱刚　曲

《邯郸谣》为河北工程大学歌颂地方文化主题歌曲，讲述了在拥有三千年悠久历史文明的热土上，邯郸人民坚韧不拔、拼搏进取，创造无数丰功伟绩的壮美画面。歌曲 2016 年列入国家艺术基金资助项目，2017 年荣获河北省精神文明建设“五个一工程”奖。

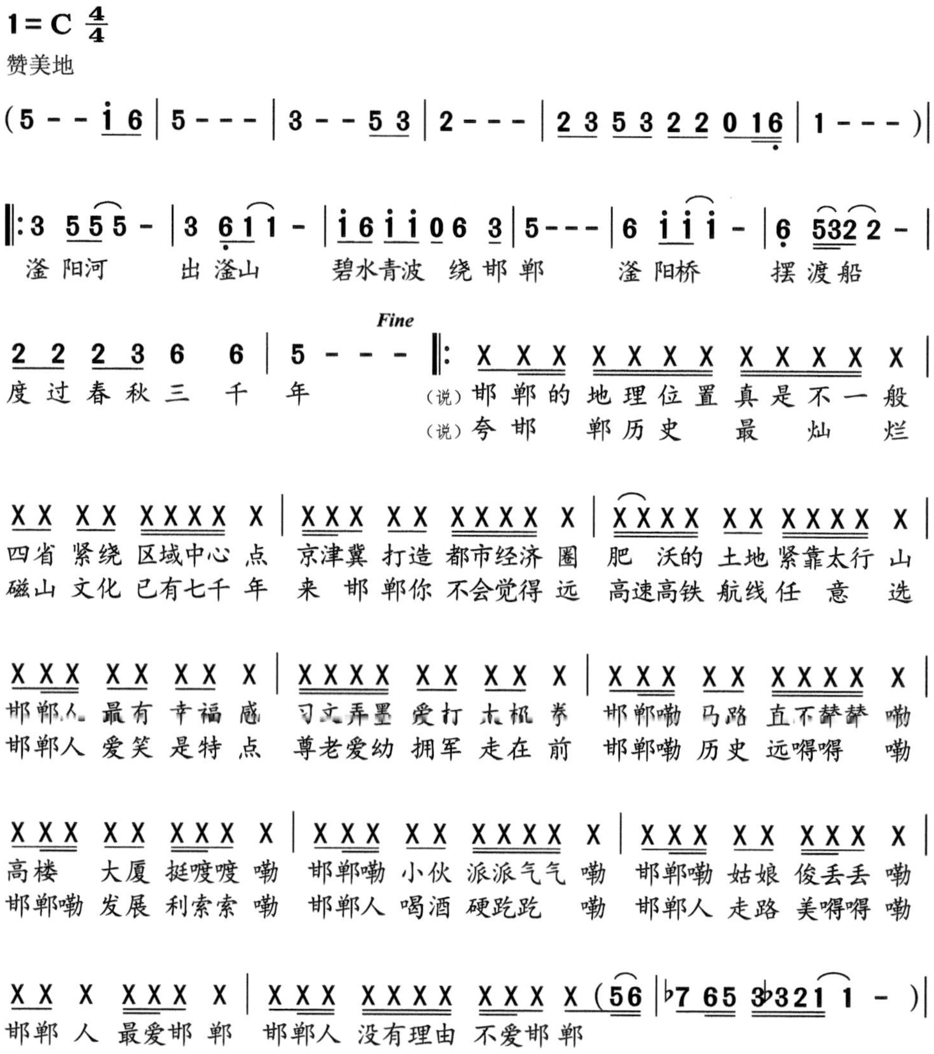
1＝C 4/4
赞美地
Fine
滏阳河 出滏山 碧水青波 绕邯郸 滏阳桥 摆渡船
度过春秋三 千 年
（说）邯郸的地理位置真是不一般
（说）夸邯 郸历史 最 灿 烂
四省 紧绕 区域中心 点 京津冀 打造 都市经济 圈 肥 沃的 土地 紧靠太行 山
磁山 文化 已有七千 年 来 邯 郸你 不会觉得 远 高速高铁 航线任 意 选
邯郸人 最有 幸福 感 习文弄墨 爱打 太极 拳 邯郸嘞 马路 直不棱棱 嘞
邯郸人 爱笑 是特 点 尊老爱幼 拥军 走在 前 邯郸嘞 历史 远嘚嘚 嘞
高楼 大厦 挺嗖嗖 嘞 邯郸嘞 小伙 派派气气 嘞 邯郸嘞 姑娘 俊丢丢 嘞
邯郸嘞 发展 利索索 嘞 邯郸人 喝酒 硬跎跎 嘞 邯郸人 走路 美嘚嘚 嘞
邯郸 人 最爱邯 郸 邯郸人 没有理由 不爱邯郸

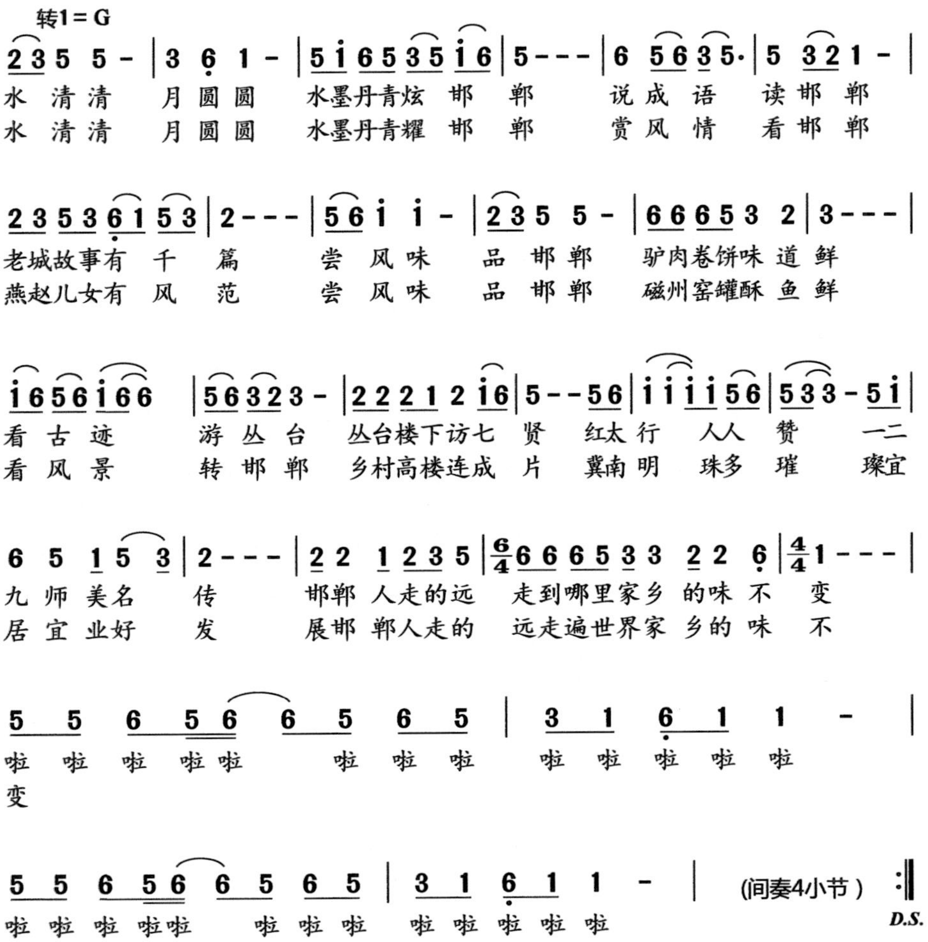
转1＝G
水清清 月圆圆 水墨丹青炫 邯 郸 说成语 读邯郸
水清清 月圆圆 水墨丹青耀 邯 郸 赏风情 看邯郸
老城故事有 千 篇 尝 风味 品 邯郸 驴肉卷饼味 道 鲜
燕赵儿女有 风 范 尝 风味 品 邯郸 磁州窑罐酥 鱼 鲜
看古迹 游丛台 丛台楼下访七 贤 红太行 人人 赞 一二
看风景 转邯郸 乡村高楼连成 片 冀南明 珠多 璀 璨宜
九师美名 传 邯郸 人走的远 走到哪里家乡 的味 不 变
居宜业好 发 展邯 郸人走的 远走遍世界家 乡的 味 不
啦 啦 啦 啦啦 啦 啦 啦 啦 啦 啦 啦 啦
变
啦 啦 啦 啦啦 啦 啦 啦 啦 啦 啦 啦 啦
(间奏4小节)
D.S.

心手相牵一家亲

李广堂　杨青山　词
张淑兰　蔺爱刚　曲

《心手相牵一家亲》为河北工程大学脱贫攻坚主题歌曲，讴歌了驻村干部与群众心手相牵扶贫脱贫的伟大业绩，从精准施策、科技创新、绿色发展等方面反映了乡村脱贫致富的变化。“汗水撒下希望的种子”点燃追梦小康的激情与动力。

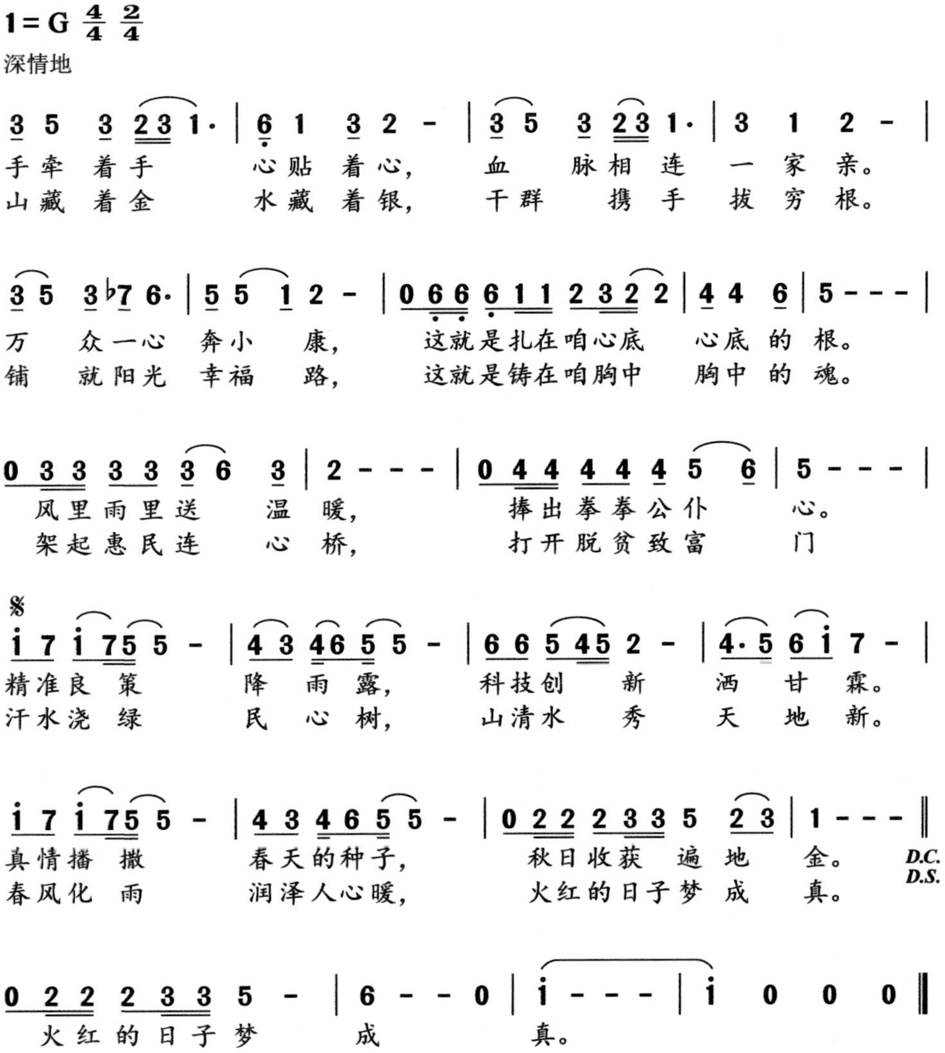
1=G 4/4 2/4
深情地
手牵着手　心贴着心，血　脉相连　一家亲。
山藏着金　水藏着银，千群　携手　拔穷根。
万　众一心　奔小　康，这就是扎在咱心底　心底　的　根。
铺　就阳光　幸福　路，这就是铸在咱胸中　胸中　的　魂。
风里雨里送　温　暖，捧出拳拳公仆　心。
架起惠民连　心　桥，打开脱贫致富　门
精准良　策　降　雨　露，科技创　新　洒　甘　霖。
汗水浇　绿　民　心　树，山清水　秀　天　地　新。
真情播　撒　春天的种子，秋日收获　遍　地　金。
春风化　雨　润泽人心暖，火红的日子梦　成　真。
D.C.
D.S.
火红的日子梦　成　真。

幸福的根

贾东水　刘　超　词
　　　　刘　超　曲

《幸福的根》为河北工程大学2021年脱贫攻坚主题歌曲，原名《平山情》，创作于2020年3月。歌曲表达了河北工程大学师生员工与平山县人民因脱贫攻坚工作形成的深厚情感，歌颂了全国脱贫攻坚战的奋斗历程和全面胜利。歌曲获河北日报新媒体、河北共产党员网、《学习强国》省级平台发布并报道。

《幸福的根》MV截图

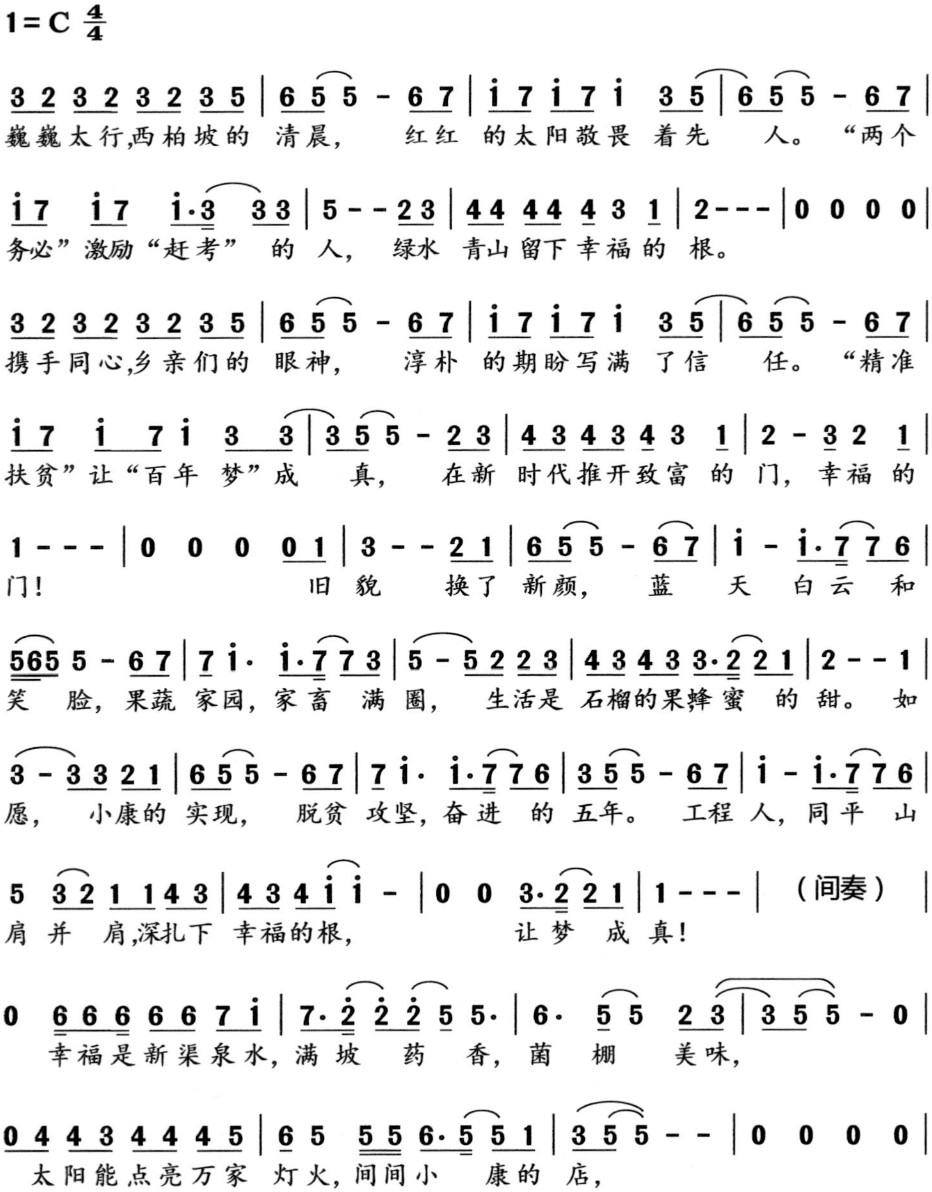
1=C 4/4
巍巍太行,西柏坡的 清晨， 红红 的太阳敬畏 着先 人。“两个
务必”激励“赶考” 的 人， 绿水 青山留下幸福的 根。
携手同心,乡亲们的 眼神， 淳朴 的期盼写满 了信 任。“精准
扶贫”让“百年 梦”成 真， 在新 时代推开致富 的 门，幸福 的
门！ 旧貌 换了 新颜， 蓝 天 白云 和
笑 脸，果蔬 家园，家畜 满圈， 生活是 石榴的果蜂蜜 的 甜。 如
愿， 小康的 实现， 脱贫 攻坚，奋进 的 五年。 工程 人，同平 山
肩 并 肩,深扎下 幸福的根， 让梦 成 真！
（间奏）
幸福是新渠泉水，满 坡 药 香，菌 棚 美味，
太阳能点亮万家 灯火，间间小 康的 店，

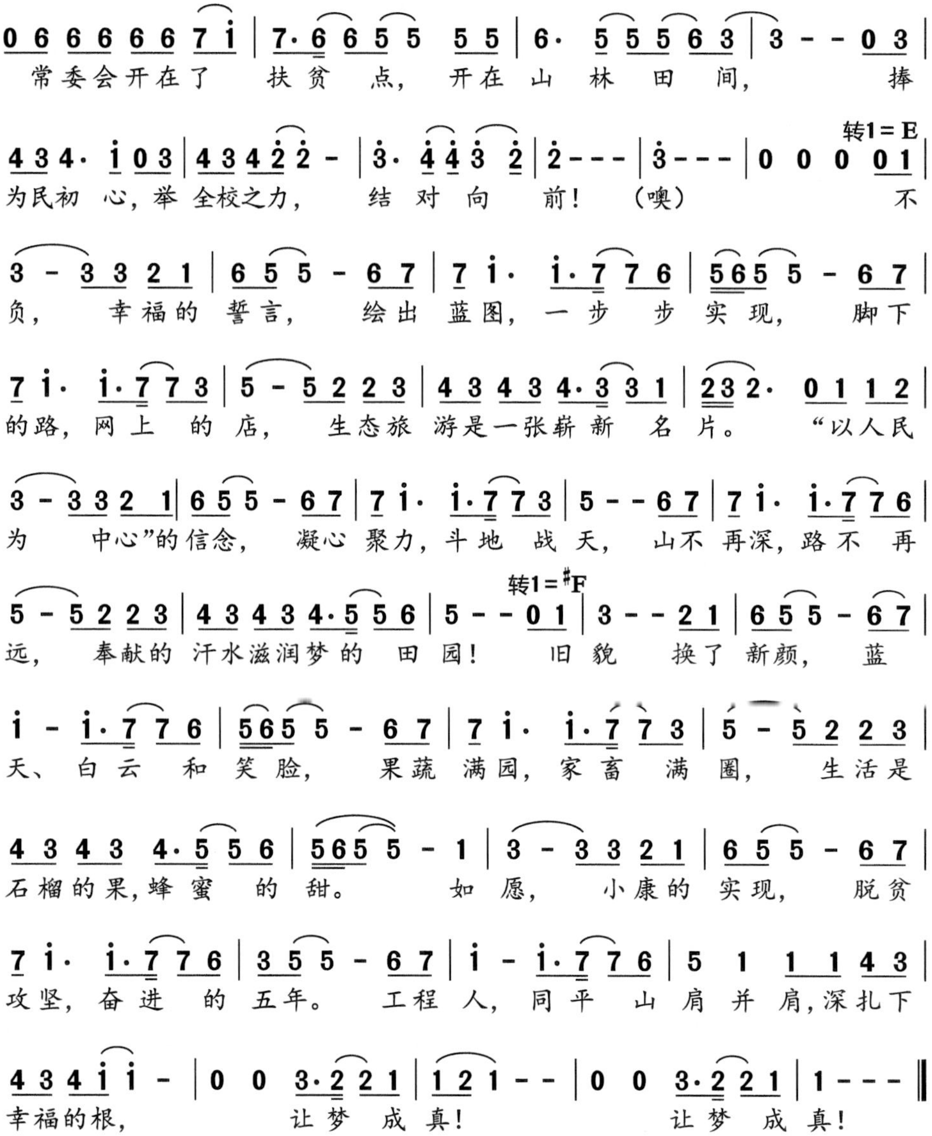
常委会开在了扶贫点，开在山林田间，捧
转1=E
为民初心，举全校之力，结对向前！（噢）不
负，幸福的誓言，绘出蓝图，一步步实现，脚下
的路，网上的店，生态旅游是一张崭新名片。“以人民
为中心”的信念，凝心聚力，斗地战天，山不再深，路不再
转1=#F
远，奉献的汗水滋润梦的田园！旧貌换了新颜，蓝
天、白云和笑脸，果蔬满园，家畜满圈，生活是
石榴的果，蜂蜜的甜。如愿，小康的实现，脱贫
攻坚，奋进的五年。工程人，同平山肩并肩，深扎下
幸福的根，让梦成真！让梦成真！

梦想无限

刘　超　词
刘　超　李　漠　曲

《梦想无限》为河北工程大学 2020 年开学季主题歌曲，录制完成于 2020 年 9 月。歌曲受邀参与“‘青春有歌’开学季校园云歌会”录制，在中国教育电视台、中央广播电视总台音频客户端“云听”、新浪微博、哔哩哔哩网站等平台同步直播。

《梦想无限》主创师生合影

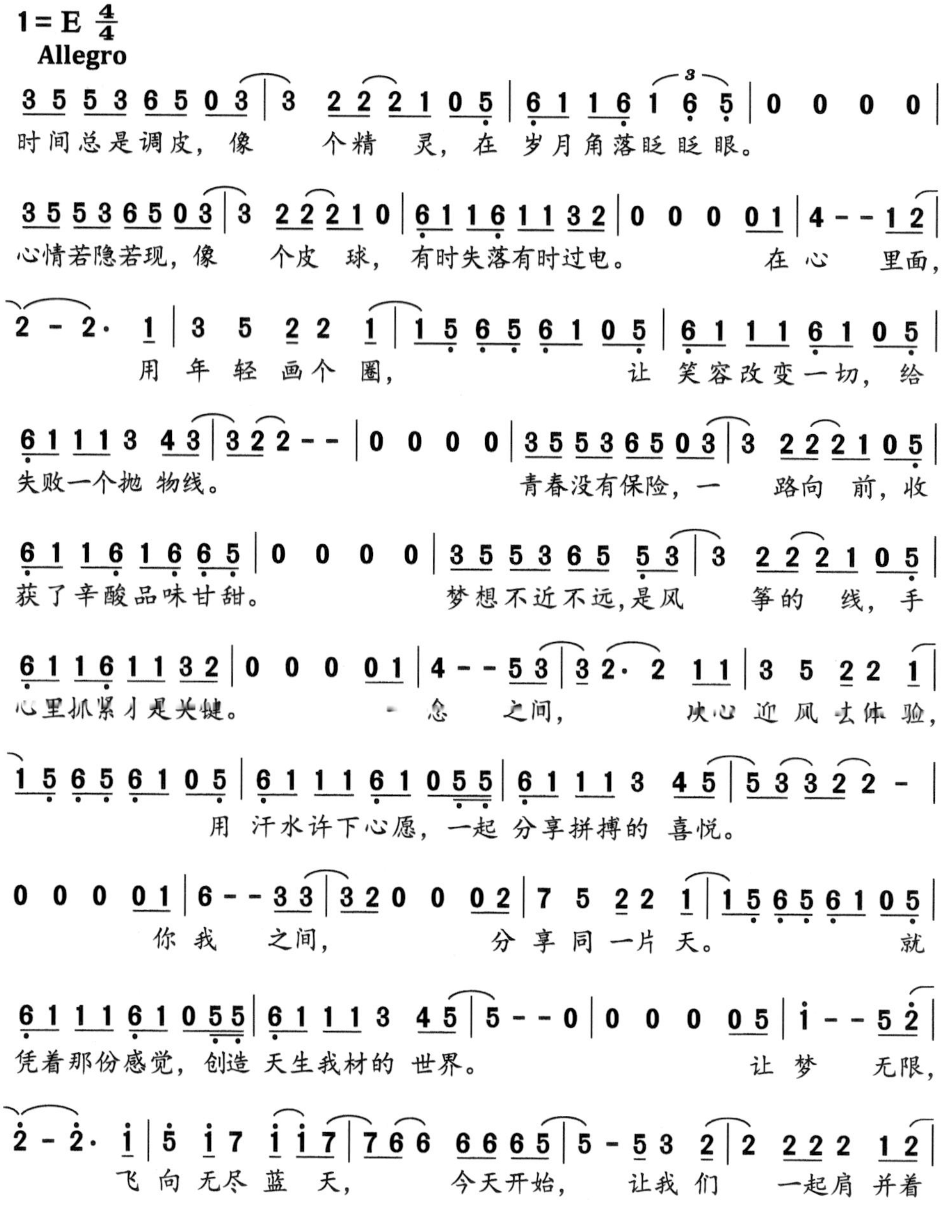
1=E 4/4
Allegro
时间总是调皮，像 个精 灵，在 岁月角落眨眨眼。
心情若隐若现，像 个皮 球，有时失落有时过电。 在心 里面，
用年轻画个圈， 让笑容改变一切，给
失败一个抛 物线。 青春没有保险，一 路向 前，收
获了辛酸品味甘甜。 梦想不近不远，是风 筝的 线，手
心里抓紧才是关键。 一念 之间， 吹心迎风去体验，
用 汗水许下心愿，一起 分享拼搏的 喜悦。
你我 之间， 分享同一片天。 就
凭着那份感觉，创造 天生我材的 世界。 让梦 无限，
飞向无尽蓝 天， 今天开始， 让我们 一起肩并着

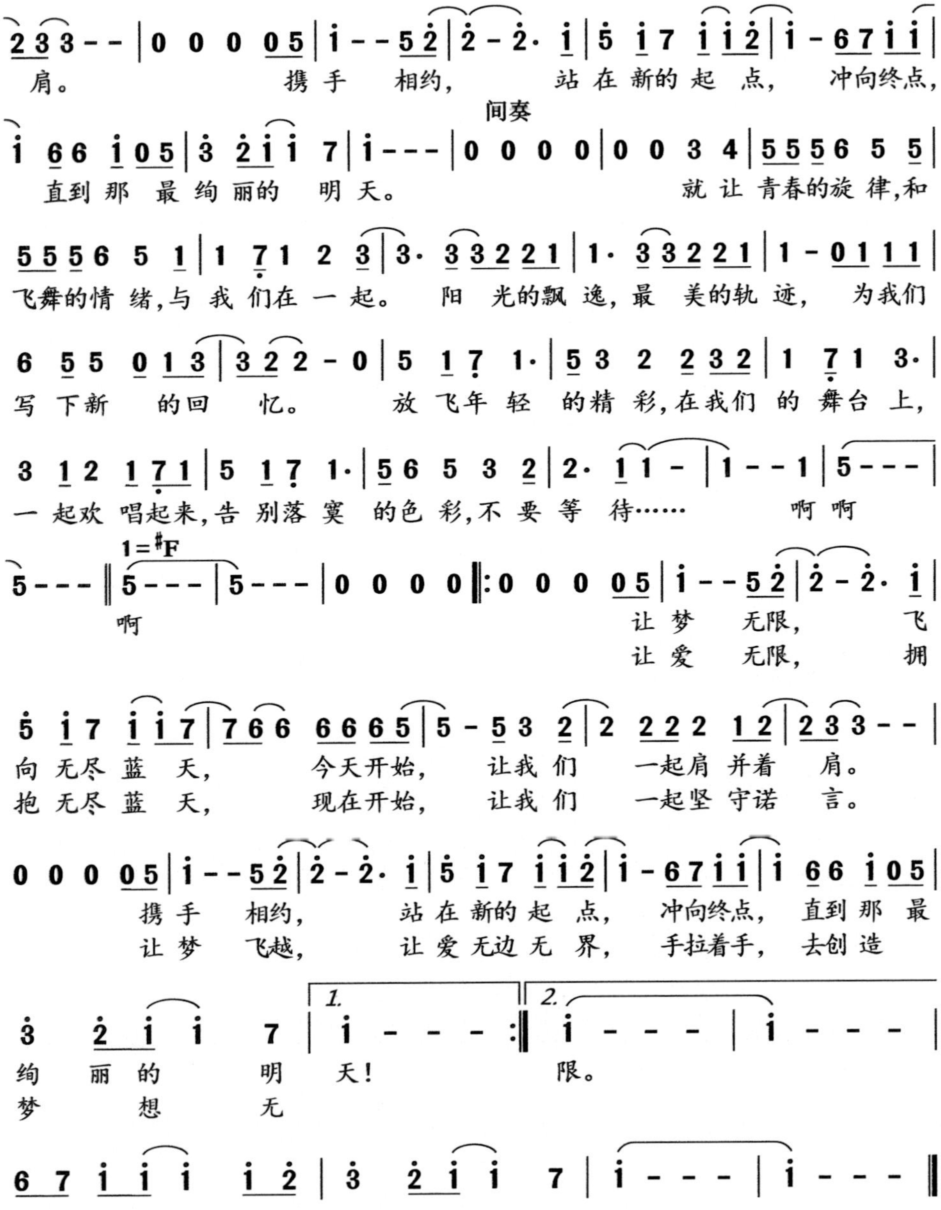
肩。 携手 相约， 站在新的起点， 冲向终点，
间奏
直到那 最绚丽的 明天。 就让青春的旋律，和
飞舞的情绪，与我们在一起。 阳光的飘逸，最美的轨迹， 为我们
写下新 的回 忆。 放飞年轻 的精彩，在我们 的舞台上，
一起欢唱起来，告别落寞 的色彩，不要等待…… 啊 啊
1=#F
啊
让梦 无限， 飞
让爱 无限， 拥
向无尽蓝天， 今天开始， 让我们 一起肩并着 肩。
抱无尽蓝天， 现在开始， 让我们 一起坚守诺 言。
携手 相约， 站在新的起点， 冲向终点， 直到那最
让梦 飞越， 让爱无边无界， 手拉着手， 去创造
1. 2.
绚丽的 明天！ 限。
梦 想 无

善建者之歌

郭廷华　李广堂　杨青山　词
蔺爱刚　曲

《善建者之歌》为河北工程大学土木工程学院院歌，描绘了学院师生追逐梦想、放飞希望的美好画面。歌曲传承了河北工程大学“崇德尚善、精工铸新”的校训精神，歌颂了土木工程学院师生不负韶华、励志图强的追梦精神。

河北工程大学土木工程学院参加学校教职工文化艺术节合影

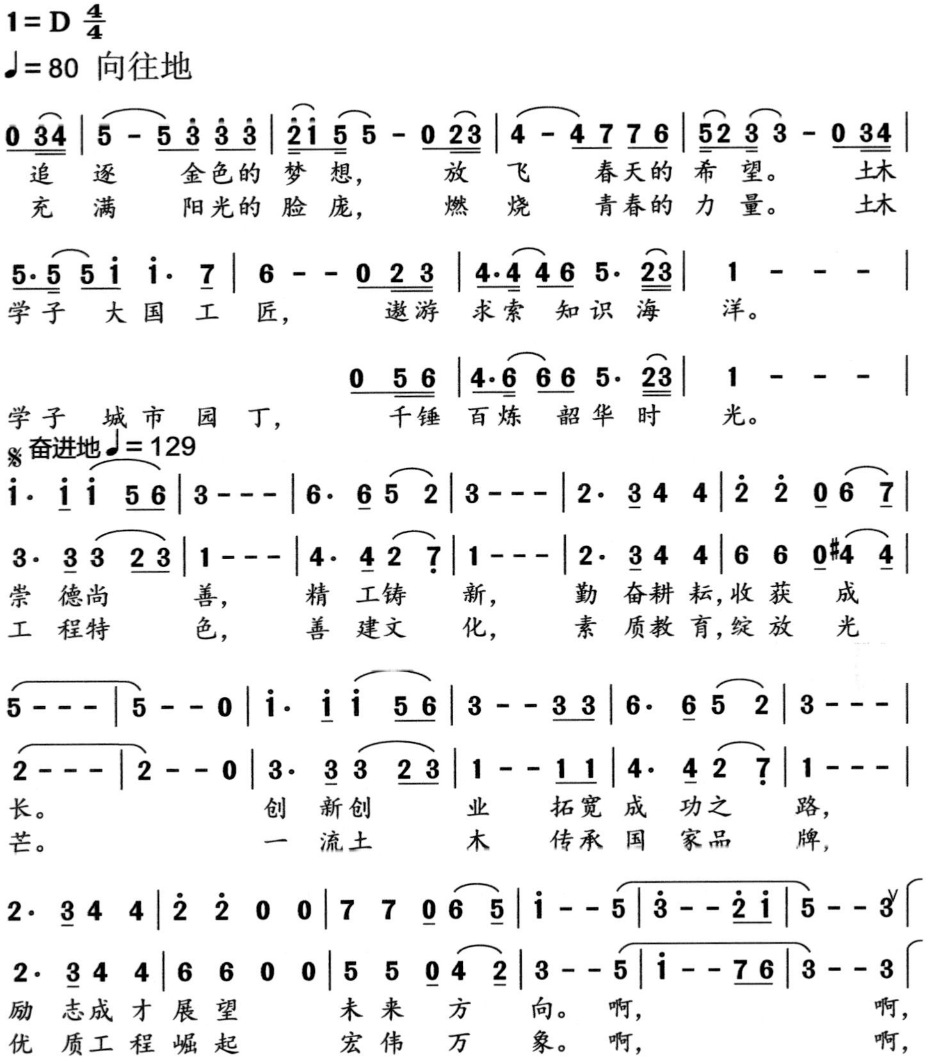
1=D 4/4
♩=80 向往地
追 逐 金色的 梦 想， 放 飞 春天的 希 望。 土木
充 满 阳光的 脸 庞， 燃 烧 青春的 力 量。 土木
学子 大国 工 匠， 遨游 求索 知识 海 洋。
学子 城市 园 丁， 千锤 百炼 韶华 时 光。
奋进地♩=129
崇 德尚 善， 精 工铸 新， 勤 奋耕 耘，收 获 成
工 程特 色， 善 建文 化， 素 质教 育，绽 放 光
长。 创 新创 业 拓宽 成 功之 路，
芒。 一 流土 木 传承 国 家品 牌，
励 志成 才 展 望 未 来 方 向。 啊， 啊，
优 质工 程 崛 起 宏 伟 万 象。 啊， 啊，

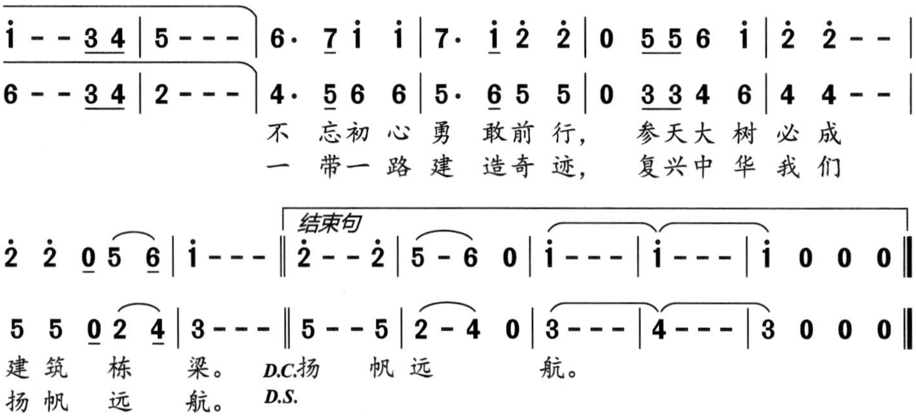
不 忘初心勇 敢前行， 参天大树必成
一 带一路建 造奇迹， 复兴中华我们
结束句
建筑 栋 梁。 D.C.扬 帆远 航。
扬帆 远 航。 D.S.

扬起生命的风帆

李兰芹　词
蔺爱刚　曲

《扬起生命的风帆》为河北工程大学附属医院院歌，采用进行曲风格，融入对偶写法，充满号召力和感染力。歌曲旋律有张有弛，鼓舞人心，催人奋进，彰显了医护人员救死扶伤的初心使命，书写了医者仁心的大爱情怀。

河北工程大学附属医院庆祝新中国成立70周年活动集体合影

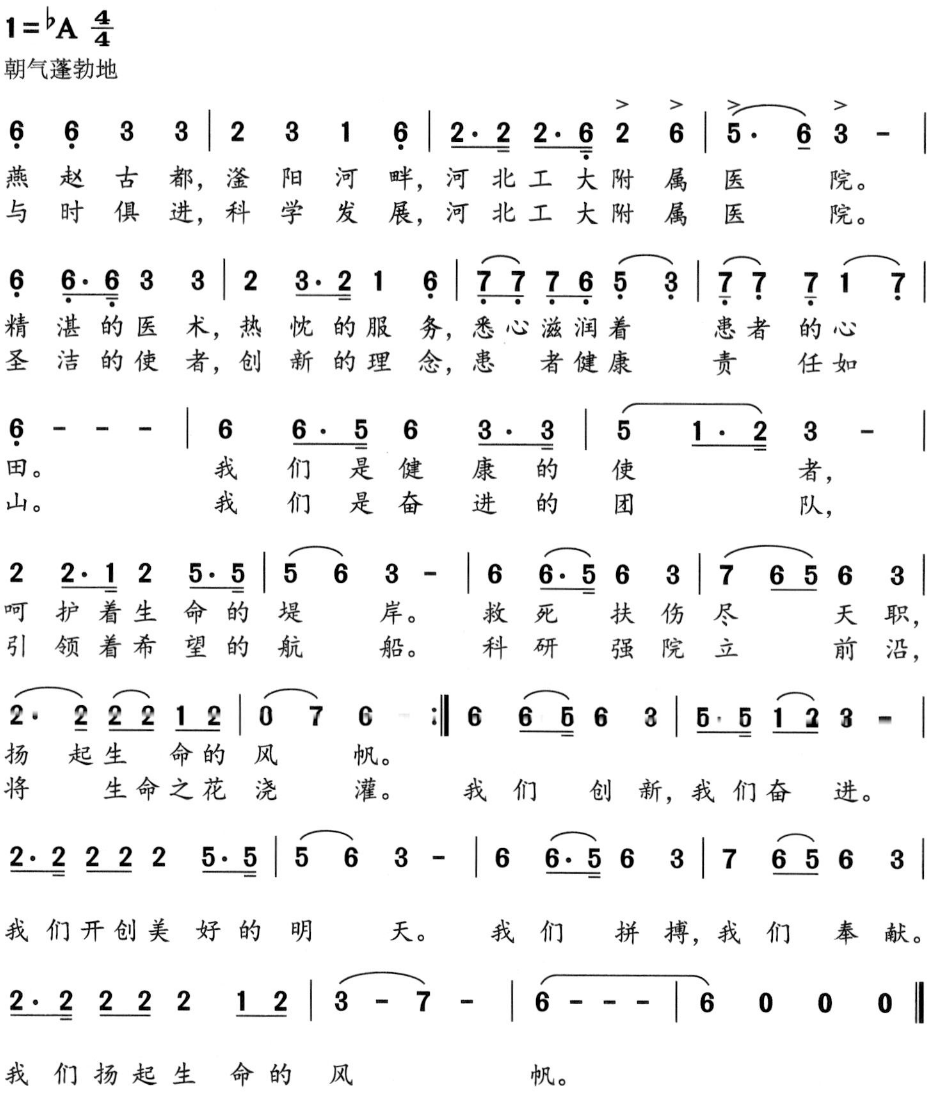
1=♭A 4/4
朝气蓬勃地
燕赵古都，滏阳河畔，河北工大附属医院。
与时俱进，科学发展，河北工大附属医院。
精湛的医术，热忱的服务，悉心滋润着患者的心田。
圣洁的使者，创新的理念，患者健康责任如山。
我们是健康的使者，
我们是奋进的团队，
呵护着生命的堤岸。救死扶伤尽天职，
引领着希望的航船。科研强院立前沿，
扬起生命的风帆。
将生命之花浇灌。我们创新，我们奋进。
我们开创美好的明天。我们拼搏，我们奉献。
我们扬起生命的风帆。

封存的记忆

刘 超 词曲

《封存的记忆》为河北工程大学2012年毕业歌，也是学校原创毕业歌系列活动十年计划的开局之作。歌曲及其MV先后获中国原创音乐基地、优酷网首页推荐，仅音频单周点击率30万以上。

《封存的记忆》毕业晚会演出现场

1=C 6/8
♩=63
夜，如星光般绽放，无奈着流星的光。风，在耳边也哼唱，
雨，在不停地落下，路灯下谁的忧伤。你，是否如我一样，
吹醒了心中的伤。四年时光，我们收获了成长。所有的梦想，
细数曾经的过往。四年时光，在这里我们成长，如今的梦想，
封存在我的梦乡。只能在这里回望过往，回眸却看到你的泪光。在
陪我到下个天亮。
1.
2.
岁月的角落里去流浪，此刻擦干眼角的哀伤。去流浪，此刻擦干眼角的哀
伤。只是没办法再梦一场，笑容在回忆露出分芳。在未来的旅途寻
1=E
找方向，挥别写满青春的地方。只能在这里回望过往，回眸
却看到你的泪光。在岁月的角落里去流浪，此刻擦干眼角的哀伤。只是
没办法再梦一场，笑容在回忆露出芬芳。在未来的旅途寻找方向，挥别
写满青春的地方，啦……在
未来的旅途寻找方向，回首告别这梦的故乡。写满青春的地方。

梦开始的地方

贾东水 刘 超 词
刘 超 曲

《梦开始的地方》为河北工程大学 2013 年毕业歌。歌曲及其 MV 先后获光明日报、河北日报、河北共青团等官方新媒体转发推荐，音频获中国原创音乐基地首页推荐，单周点击率 41 万以上。

《梦开始的地方》毕业晚会演出现场

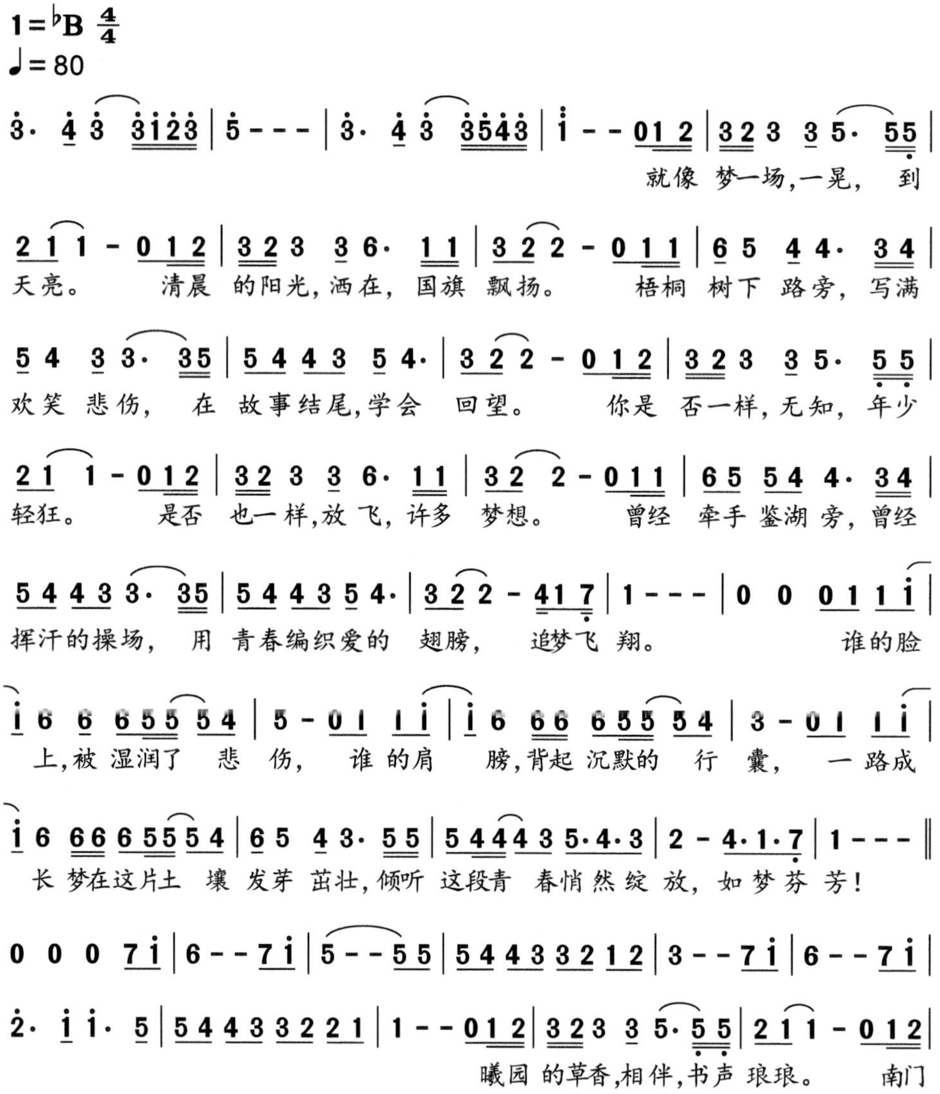
1=♭B 4/4
♩=80
就像 梦一场,一晃, 到
天亮。 清晨 的阳光,洒在, 国旗 飘扬。 梧桐 树下 路旁, 写满
欢笑 悲伤, 在 故事结尾,学会 回望。 你是 否一样,无知, 年少
轻狂。 是否 也一样,放飞,许多 梦想。 曾经 牵手 鉴湖 旁,曾经
挥汗的操场, 用 青春编织爱的 翅膀, 追梦飞 翔。 谁的脸
上,被 湿润了 悲 伤, 谁 的肩 膀,背起 沉默的 行 囊, 一路成
长 梦在这片土 壤 发芽 茁壮,倾听 这段青 春悄然绽 放, 如 梦 芬 芳!
曦园 的草香,相伴,书声 琅琅。 南门

的广场，笑声，依旧 繁忙。 和你从 相遇到相伴，几何时
已变成习惯，谁知 临行的脚步太 凌乱， 无意触痛羁 绊。 青春散
场，岁月斑驳了 时 光， 却又为 何，笑容在离别 绽 放， 一路成
长，如今收拾过 往，扬帆 远航，难忘 这片所 有青 春 梦 想，开始 的 地
间奏
1=C
方。 你说你不会哭着 散 场， 只是 岁 月 改变我们的
模 样， 未知的旅途若有 迷 惘， 回头 看看， 梦的故
1=B
乡！ 啊 谁的脸 上，被 湿润了 悲 伤， 谁的肩
场，岁月斑驳了 时 光， 却又为
膀，背起沉默的 行 囊， 一路成 长，梦在这片土 壤 发 芽 茁壮，不舍
何，笑容在离别 绽 放， 一路成 长，如今收拾过 往，扬 帆 远航，难忘
1. 2.
这段青 春无 处 安 放， 青春散
这片所 有青 春 梦 想，梦开始的 地 方。

时光·留下

贯东水　刘　超　王　璇　张星蕾　杨　阳　词
刘　超　曲

《时光·留下》为河北工程大学2014年毕业歌。歌曲及其MV先后获中国青年报、河北日报、燕赵都市报、邯郸日报等官方新媒体转发推荐。歌曲音频在中国原创音乐基地平台发布，单周点击率81万以上

《时光·留下》MV摄制剧照

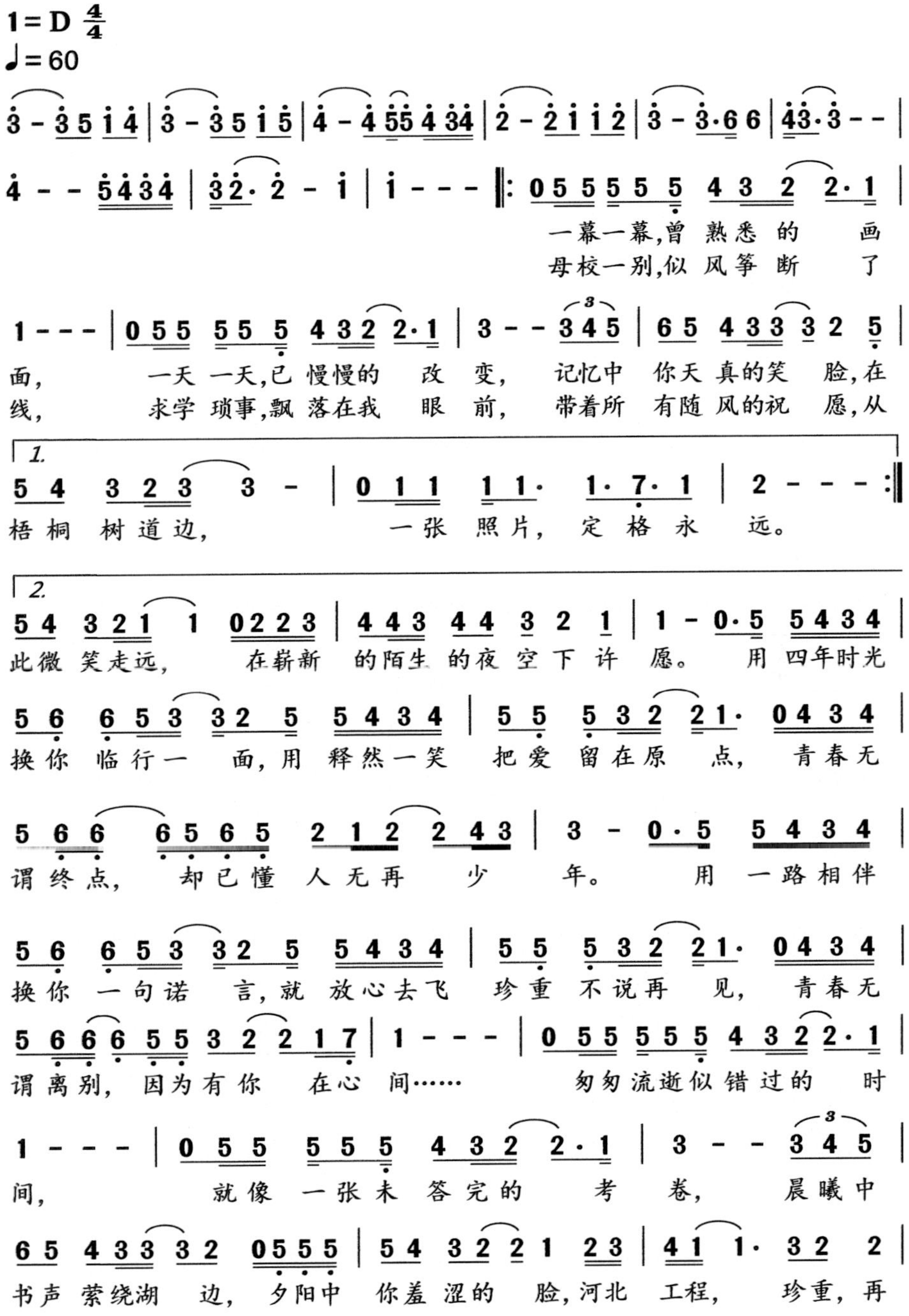
1=D 4/4
♩=60
一幕一幕,曾 熟悉 的 画
母校一别,似 风筝 断 了
面, 一天 一天,已 慢慢的 改 变, 记忆中 你天 真的笑 脸,在
线, 求学 琐事,飘 落在我 眼 前, 带着所 有随 风的祝 愿,从
1.
梧桐 树道边, 一张 照片, 定格 永 远。
2.
此微 笑走远, 在崭新 的陌生 的夜 空 下 许 愿。 用 四年时光
换你 临行一 面,用 释然一笑 把爱 留在原 点, 青春无
谓终点, 却已懂 人无再 少 年。 用 一路相伴
换你 一句诺 言,就 放心去飞 珍重 不说再 见, 青春无
谓离别, 因为有你 在心 间…… 匆匆流逝似错过的 时
间, 就像 一张未 答完的 考 卷, 晨曦中
书声 萦绕湖 边, 夕阳中 你羞 涩的 脸,河北 工程, 珍重,再

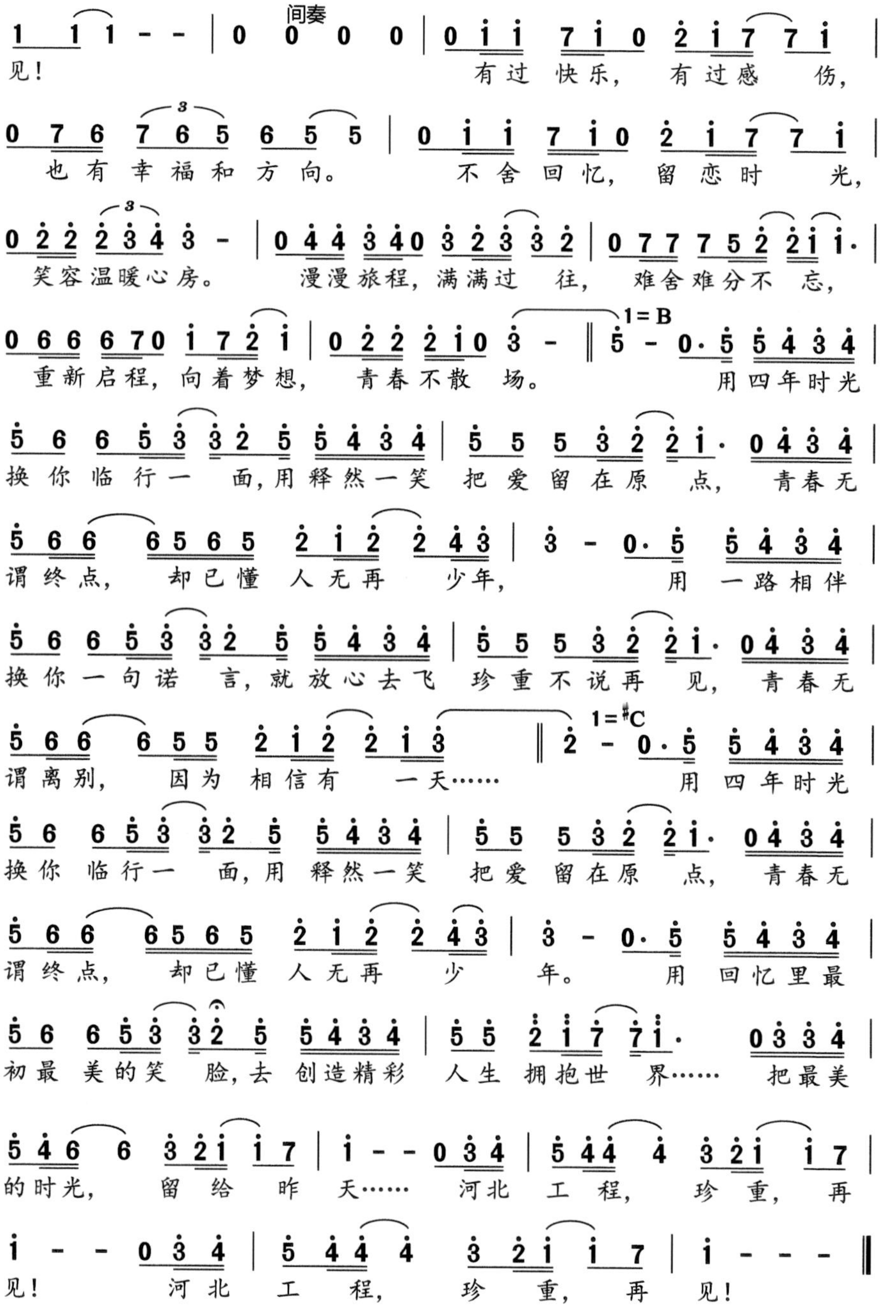
间奏
见！ 有过快乐，有过感伤，
也有幸福和方向。 不舍回忆，留恋时光，
笑容温暖心房。 漫漫旅程，满满过往， 难舍难分不忘，
重新启程，向着梦想， 青春不散场。
1=B
用四年时光
换你临行一面，用释然一笑 把爱留在原点， 青春无
谓终点， 却已懂人无再少年， 用一路相伴
换你一句诺言，就放心去飞 珍重不说再见， 青春无
谓离别， 因为相信有一天……
1=#C
用四年时光
换你临行一面，用释然一笑 把爱留在原点， 青春无
谓终点， 却已懂人无再少年。 用回忆里最
初最美的笑脸，去创造精彩 人生拥抱世界…… 把最美
的时光，留给昨天…… 河北工程，珍重，再
见！ 河北工程，珍重，再见！

莫忘初心

贾东水　刘　超　武伟杰　吴　梦　赵玉伟　李子秋　词
刘　超　曲

《莫忘初心》为河北工程大学2015年毕业歌，同时还是2015年毕业季微电影《遥若如今》的主题配乐曲。歌曲先后或河北日报、河北共青团、邯郸日报等官方新媒体转发推荐，主创师生受到邯郸广播电视台专访。

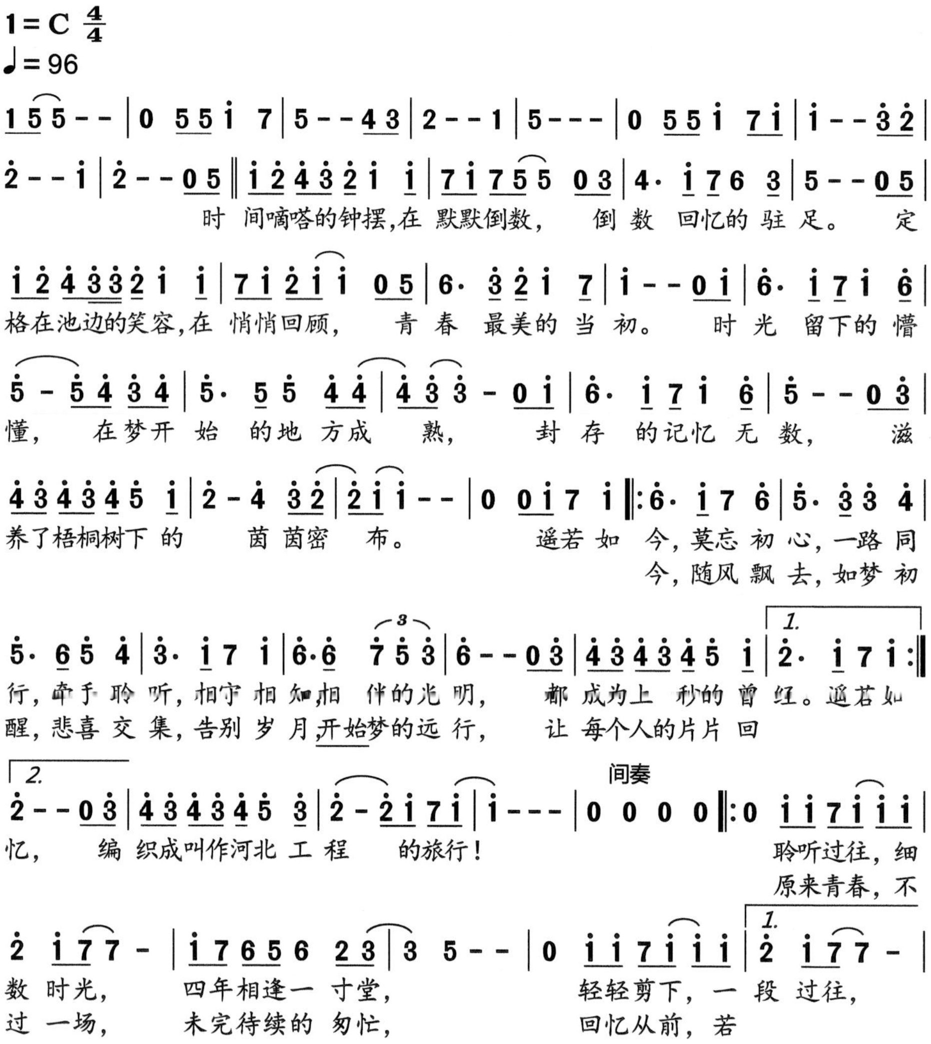
1=C 4/4
♩=96
时 间嘀嗒的钟摆，在 默默倒数， 倒 数 回忆的 驻 足。 定
格在池边的笑容，在 悄悄回顾， 青 春 最美的 当 初。 时 光 留下的 懵
懂， 在梦开 始 的地 方成 熟， 封 存 的记忆 无 数， 滋
养了梧桐树下 的 茵 茵密 布。 遥若 如 今，莫忘 初 心，一路 同
今，随风 飘 去，如梦 初
1.
行，牵手 聆 听，相守 相 知 相 伴的光 明， 都 成为上 秒的 曾 红。遥若如
醒，悲喜 交 集，告别 岁 月，开始梦的远 行， 让 每个人的片片 回
2.
间奏
忆， 编 织成叫作河北 工 程 的旅行！ 聆听过往，细
原来青春，不
1.
数 时光， 四年相逢一 寸堂， 轻轻剪下，一 段 过往，
过 一场， 未完待续的 匆忙， 回忆从前，若

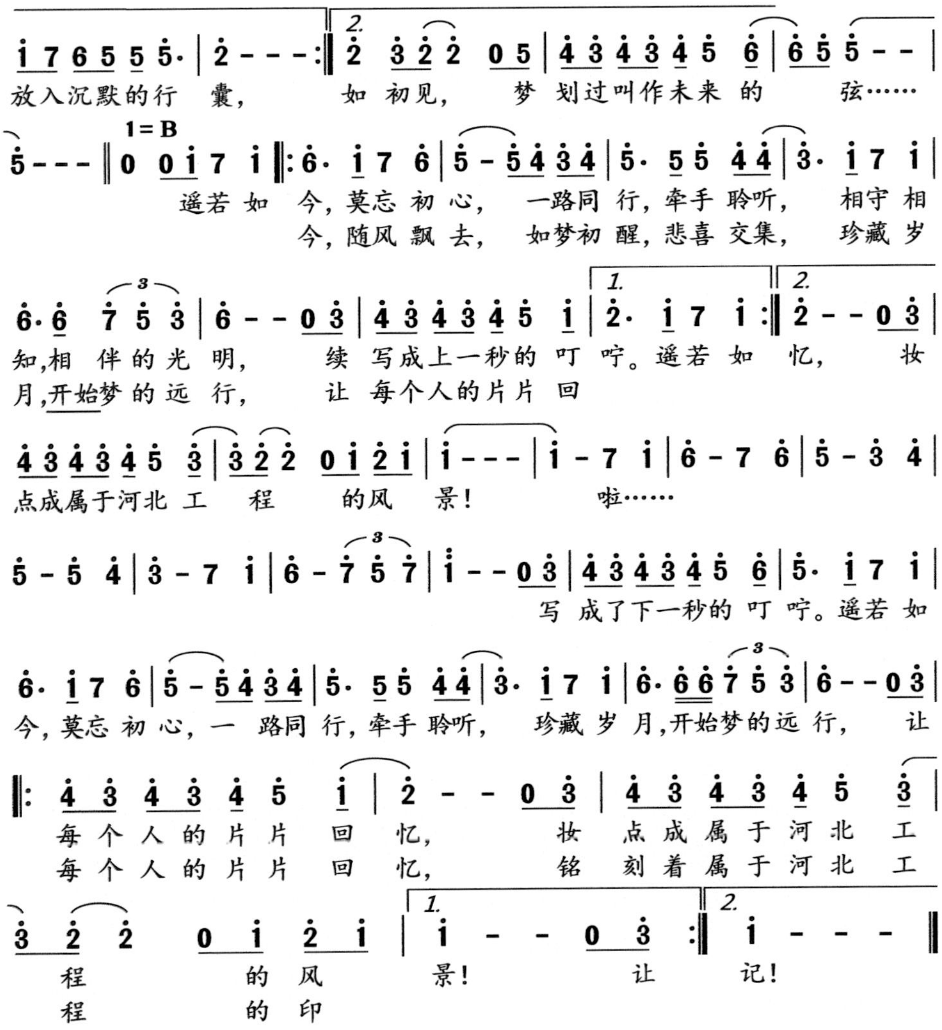
1＝B
放入沉默的行 囊， 如 初见， 梦 划过叫作未来 的 弦……
遥若 如 今，莫忘 初 心， 一路同 行，牵手 聆听， 相守 相
今，随风 飘 去， 如梦初 醒，悲喜 交集， 珍藏 岁
知，相 伴 的 光 明， 续 写成上一秒的 叮 咛。遥若 如 忆， 妆
月，开始梦 的 远 行， 让 每个人的片片 回
点成属于河北 工 程 的风 景！ 啦……
写 成了下一秒的 叮 咛。遥若 如
今，莫忘 初 心，一 路同 行，牵手 聆听， 珍藏 岁 月，开始梦的远 行， 让
每 个 人 的 片 片 回 忆， 妆 点 成 属 于 河 北 工
每 个 人 的 片 片 回 忆， 铭 刻 着 属 于 河 北 工
程 的 风 景！ 让 记！
程 的 印

遥若如今

刘　超　词曲

《遥若如今》为河北工程大学 2015 年毕业季微电影《遥若如今》的同名主题曲。歌曲先后获河北日报、河北共青团、邯郸日报等官方新媒体转发推荐。

《遥若如今》微电影截图

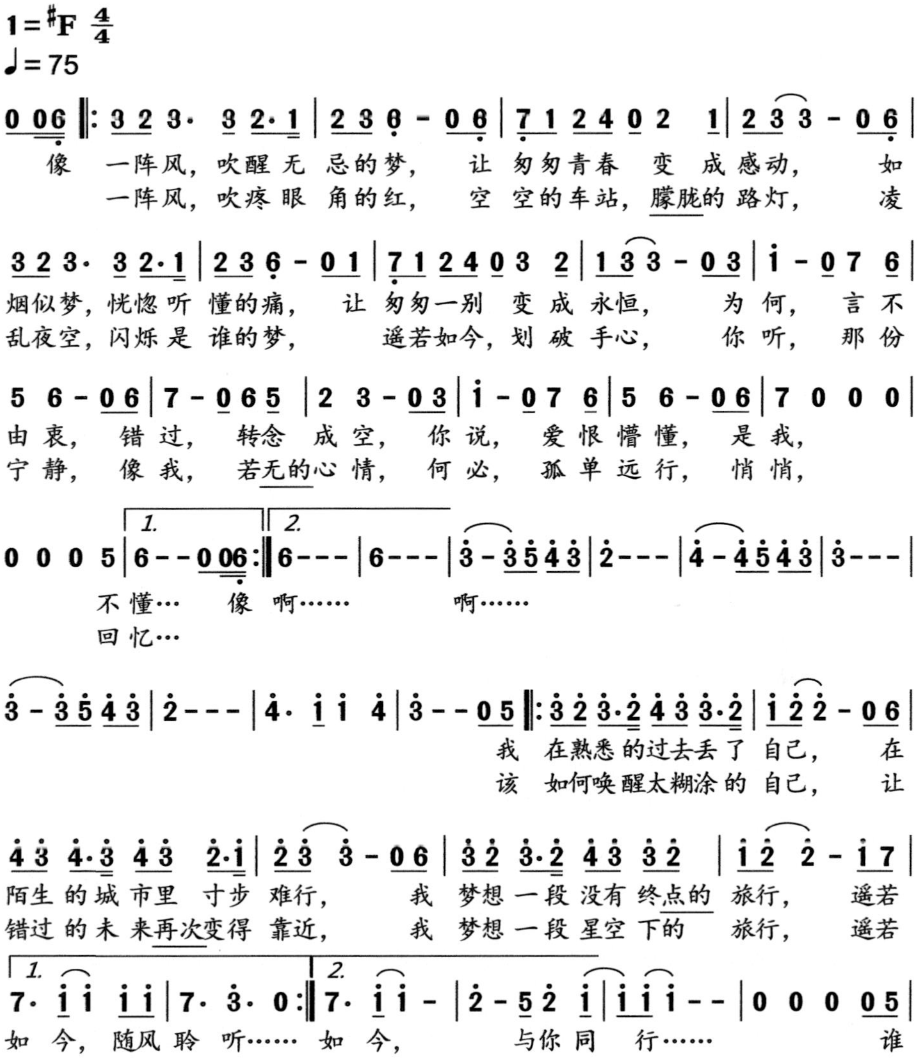
1=#F 4/4
♩=75
像 一阵风，吹醒无 忌的梦， 让 匆匆青春 变 成感动， 如
一阵风，吹疼眼 角的红， 空 空的车站，朦胧的路灯， 凌
烟似梦，恍惚听 懂的痛， 让 匆匆一别 变 成 永恒， 为 何， 言 不
乱夜空，闪烁是 谁的梦， 遥若如今，划 破 手心， 你 听， 那 份
由 衷， 错 过， 转念 成 空， 你 说， 爱 恨 懵 懂， 是 我，
宁 静， 像 我， 若无的心 情， 何 必， 孤 单 远 行， 悄 悄，
不 懂… 像 啊…… 啊……
回 忆…
我 在熟悉的过去丢了 自己， 在
该 如何唤醒太糊涂的 自己， 让
陌生 的城 市里 寸步 难行， 我 梦想 一段 没有 终点的 旅行， 遥若
错过 的未 来再次变得 靠近， 我 梦想 一段 星空 下的 旅行， 遥若
如 今，随风 聆 听…… 如 今， 与你 同 行…… 谁

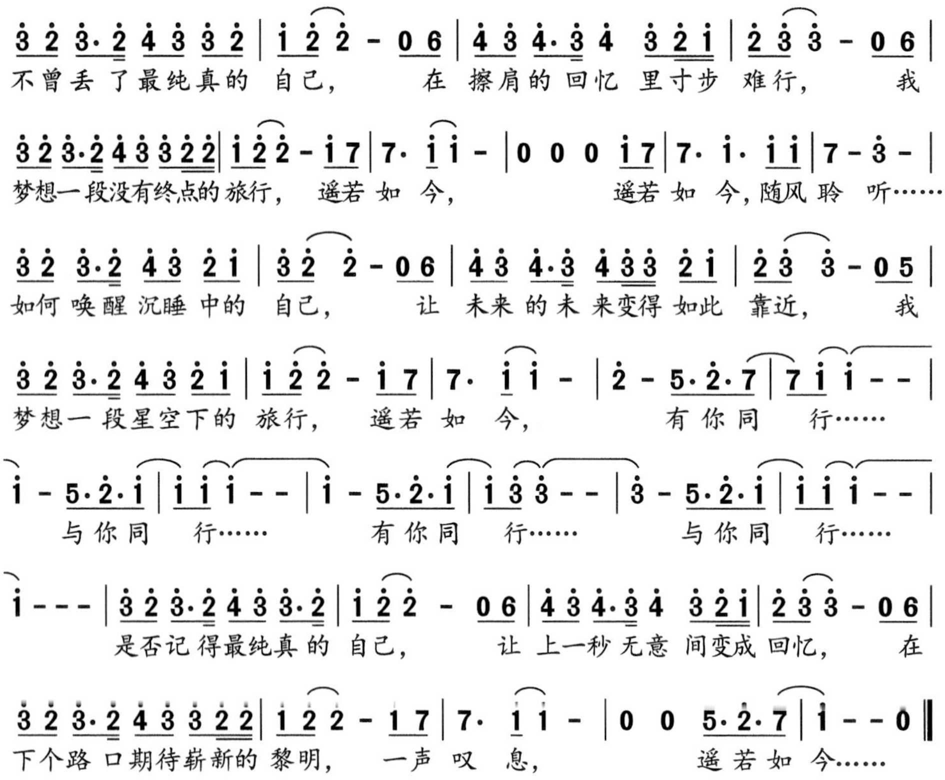
不曾丢了最纯真的 自己， 在 擦肩的回忆 里寸步 难行， 我
梦想一段没有终点的旅行， 遥若 如 今， 遥若 如 今，随风 聆 听……
如何 唤醒 沉睡 中的 自己， 让 未来的未 来变得 如此 靠近， 我
梦想一 段星空下的 旅行， 遥若 如 今， 有你同 行……
与你同 行…… 有你同 行…… 与你同 行……
是否记得最纯真的 自己， 让 上一秒无意 间变成 回忆， 在
下个路 口期待崭新的 黎明， 一声 叹 息， 遥若如 今……

不说再见

贾东水　刘　超　於春雷　韩美娟　词
刘　超　李大地　曲

《不说再见》为河北工程大学 2016 年毕业歌。2019 年，由中宣部文艺局、教育部思政司指导，中国教育电视台主办的“牢记时代使命·唱响青春旋律”全国校园歌曲创作推广活动之“放飞梦想——天津大学青春歌会”在天津大学求实会堂唱响。我校 2016 年原创毕业歌《不说再见》与北京大学、清华大学共同原创毕业歌《少年游》，北京交通大学《知了行了》，天津大学《海棠花开》等 9 首歌曲从全国征集的上千首原创校园歌曲中脱颖而出，入选推广活动 2019 年推荐歌曲，作为新时代原创校园歌曲在此次歌会全国首唱。

《不说再见》唱响全国高校青春歌会

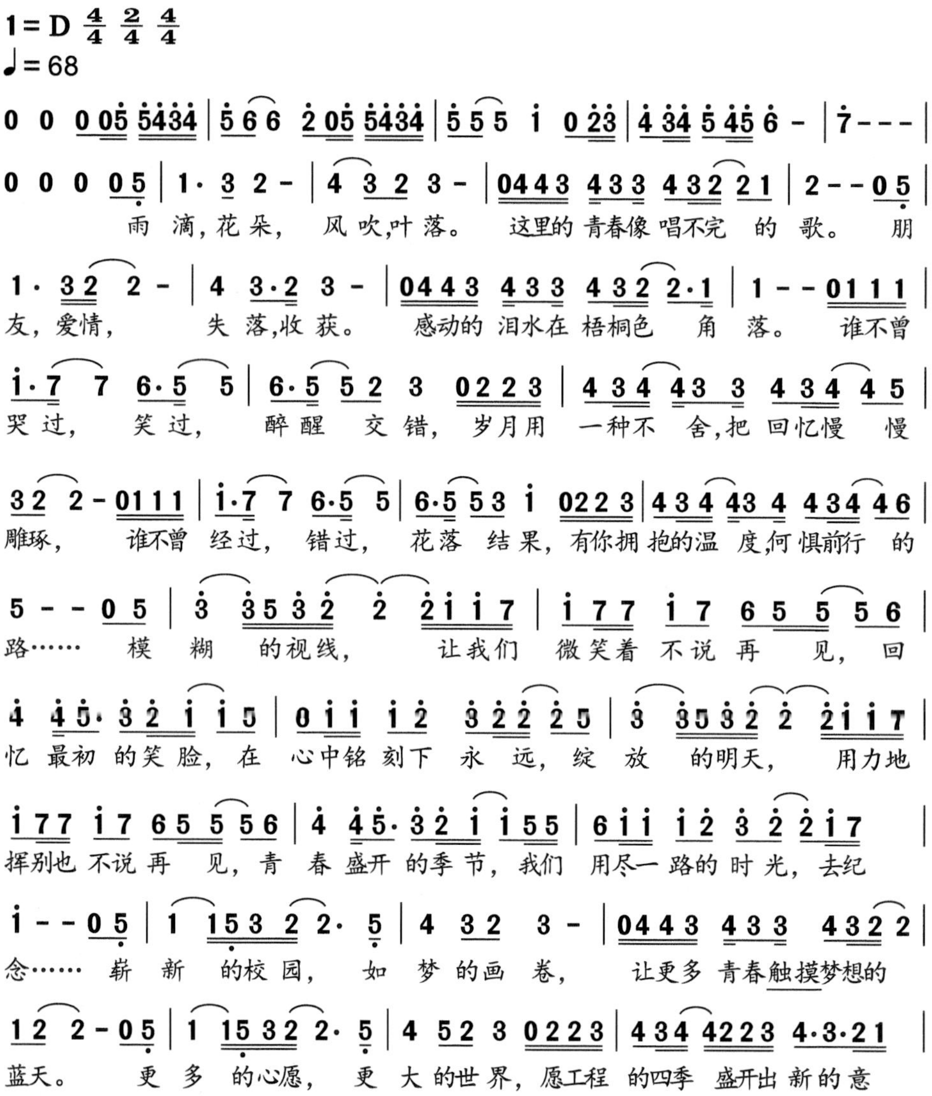
1=D 4/4 2/4 4/4
♩=68
雨 滴，花 朵， 风 吹，叶 落。 这里的 青春像 唱不完 的 歌。 朋
友，爱情， 失 落，收 获。 感动的 泪水在 梧桐色 角 落。 谁不曾
哭 过， 笑 过， 醉 醒 交 错， 岁月用 一种不 舍，把 回忆慢 慢
雕琢， 谁不曾 经过， 错过， 花落 结果，有你拥 抱的温 度，何 惧前行 的
路…… 模 糊 的视线， 让我们 微笑着 不说 再 见，回
忆 最初 的笑 脸，在 心中铭 刻下 永 远，绽 放 的明天， 用力地
挥别也 不说 再 见，青 春 盛开 的季 节，我们 用尽一 路的 时 光，去纪
念…… 崭 新 的校 园， 如 梦 的画 卷， 让更多 青春触摸梦想的
蓝天。 更 多 的心愿， 更 大 的世 界，愿工程 的四季 盛开出 新的 意

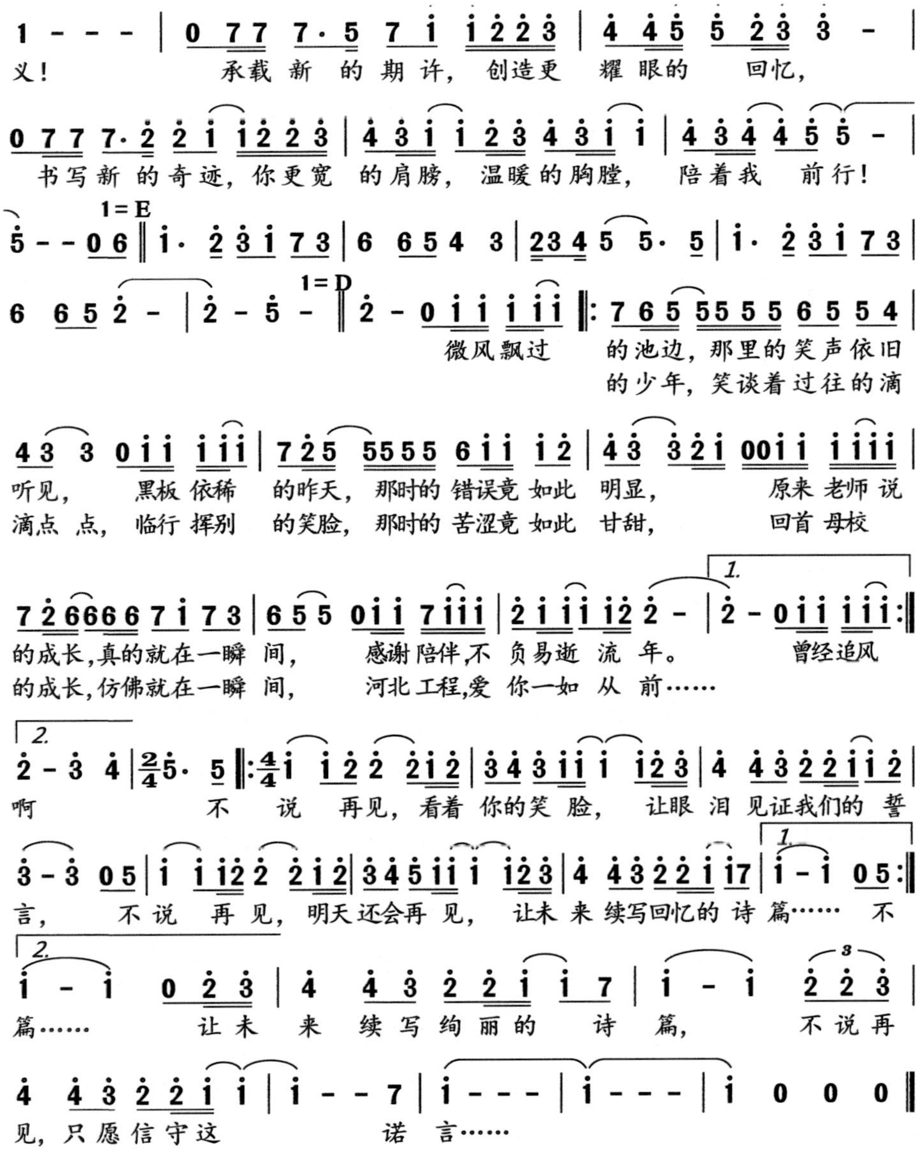
义！　承载新的期许，创造更耀眼的回忆，
书写新的奇迹，你更宽的肩膀，温暖的胸膛，陪着我前行！
1=E
1=D
微风飘过的池边，那里的笑声依旧
的少年，笑谈着过往的滴
听见，黑板依稀的昨天，那时的错误竟如此明显，原来老师说
滴点点，临行挥别的笑脸，那时的苦涩竟如此甘甜，回首母校
的成长，真的就在一瞬间，感谢陪伴，不负易逝流年。曾经追风
的成长，仿佛就在一瞬间，河北工程，爱你一如从前……
啊　不说再见，看着你的笑脸，让眼泪见证我们的誓
言，不说再见，明天还会再见，让未来续写回忆的诗篇……不
篇……让未来续写绚丽的诗篇，不说再
见，只愿信守这诺言……

记得吗

贾东水　刘　超　魏　强　词
　　　　刘　超　渠墨涵　曲

《记得吗》为河北工程大学 2017 年毕业歌。歌曲发布首周全网点击率破 127 万。先后获中国教育电视台、燕赵都市报专题推荐，中国教育电视台《最美校歌》栏目专题播出。在第二届最美校歌推优活动中，歌曲被中国电视艺术家协会、中国教育电视台评选为“十优毕业歌”。

《记得吗》荣获“十优毕业歌”现场

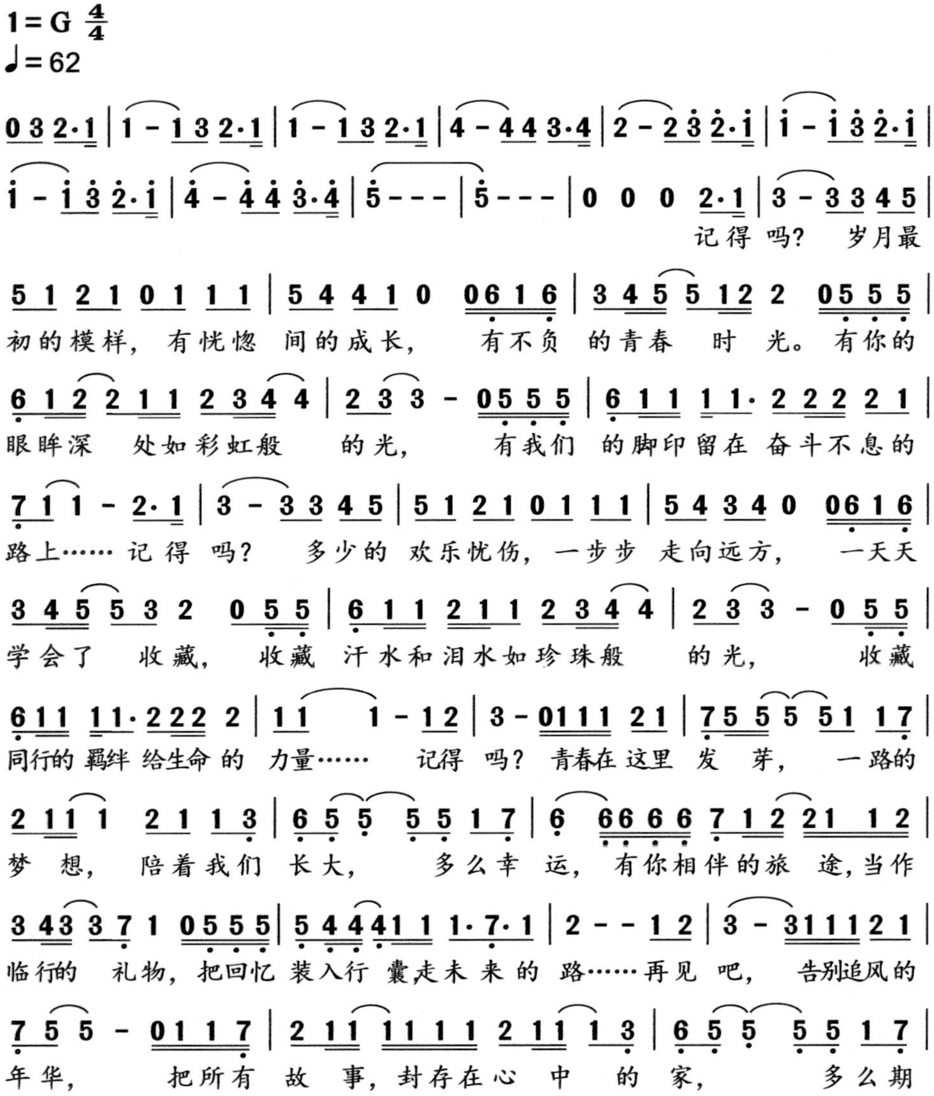
1=G 4/4
♩=62
记得 吗？ 岁月最
初的模样，有恍惚 间的成长， 有不负 的青春 时 光。有你的
眼眸深 处如彩虹般 的光， 有我们 的脚印留在 奋斗不息的
路上…… 记 得 吗？ 多少的 欢乐忧伤，一步步 走向远方， 一天天
学会了 收藏， 收藏 汗水和泪水如珍珠般 的光， 收藏
同行的羁绊 给生命 的 力量…… 记得 吗？青春在这里 发 芽， 一路的
梦 想， 陪着我们 长大， 多么幸 运，有你相伴的旅 途，当作
临行的 礼物，把回忆 装入行 囊走未来的 路……再见 吧， 告别追风的
年华， 把所有 故 事，封存在心 中 的 家， 多么期

待，在远航的星空 下闪耀 工程人 的光 荣，在崭新 的校园，去衷心地许愿，
拥 抱明天！
这些 年，一瞬间，定格
在这个 夏 天，多少 年，再相见，成为 痴痴的 许愿， 带着心中的思念，我们
1＝A
仍是个 少 年， 相信誓言，相信永远， 永 远……记得 吗？ 记忆中梧桐
吧， 再见追风的
色的花， 在离别 角 落，听到你轻轻的 回 答， 多么幸
年 华， 把所有 故 事，封存在心 中 的 家， 多么期
1.
运，有你相伴的旅途当作临行的 礼物，把回忆 装入行 囊，走未来 的 路……再见
待，在远航的星空 下闪耀
2.
工程人 的光 荣，在崭新 的校园， 去衷心 地许愿， 拥 抱明 天！ 在崭新
的校园， 去衷心 地许愿， 拥 抱明天！ 记 得 吗？ 一路如
初的梦想，迎着风 走向远方， 遥望这片青春 土壤， 续 写 荣光！

如初的笑脸

贾东水　刘　超　魏　强　词
刘　超　渠墨涵　曲

《如初的笑脸》为河北工程大学 2018 年毕业歌。歌曲先后获评第三届全国最美校歌展播评选活动推介歌曲、第四届全国最美校歌展播评选活动 MV 优秀作品奖。

《如初的笑脸》获奖片段截图

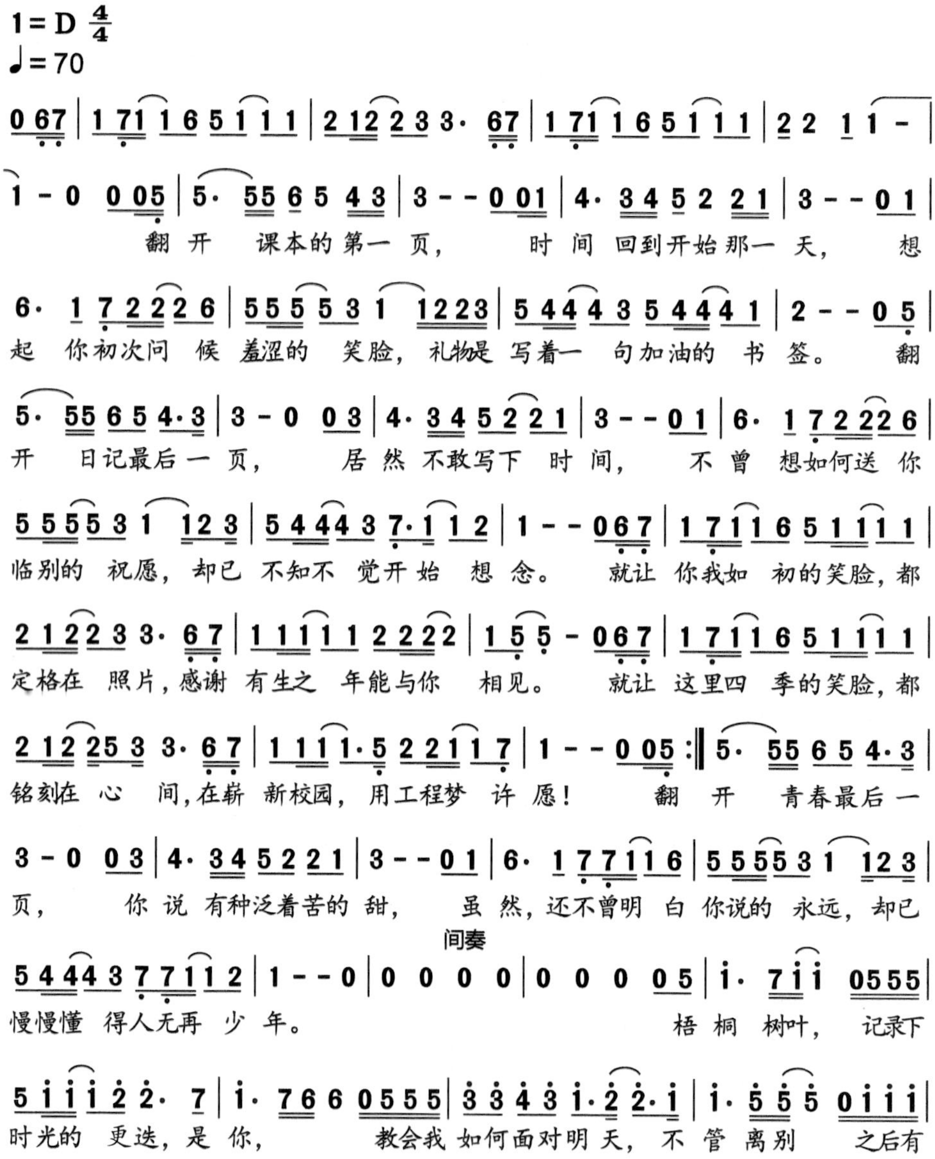
1=D 4/4
♩=70
翻开 课本的第一页，时间 回到开始那一天，想
起 你初次问候 羞涩的 笑脸，礼物是 写着一 句加油的 书签。翻
开 日记最后一页，居然 不敢写下 时间，不曾 想如何送你
临别的 祝愿，却已 不知不觉开始 想念。就让 你我如 初的笑脸，都
定格在 照片，感谢 有生之 年能与你 相见。就让 这里四 季的笑脸，都
铭刻在 心 间，在崭 新校园，用工程梦 许愿！翻开 青春最后一
页，你说 有种泛着苦的 甜，虽然，还不曾明 白 你说的 永远，却已
间奏
慢慢懂 得人无再 少 年。梧桐 树叶，记录下
时光的 更迭，是你，教会我 如何面对明天，不管 离别 之后有

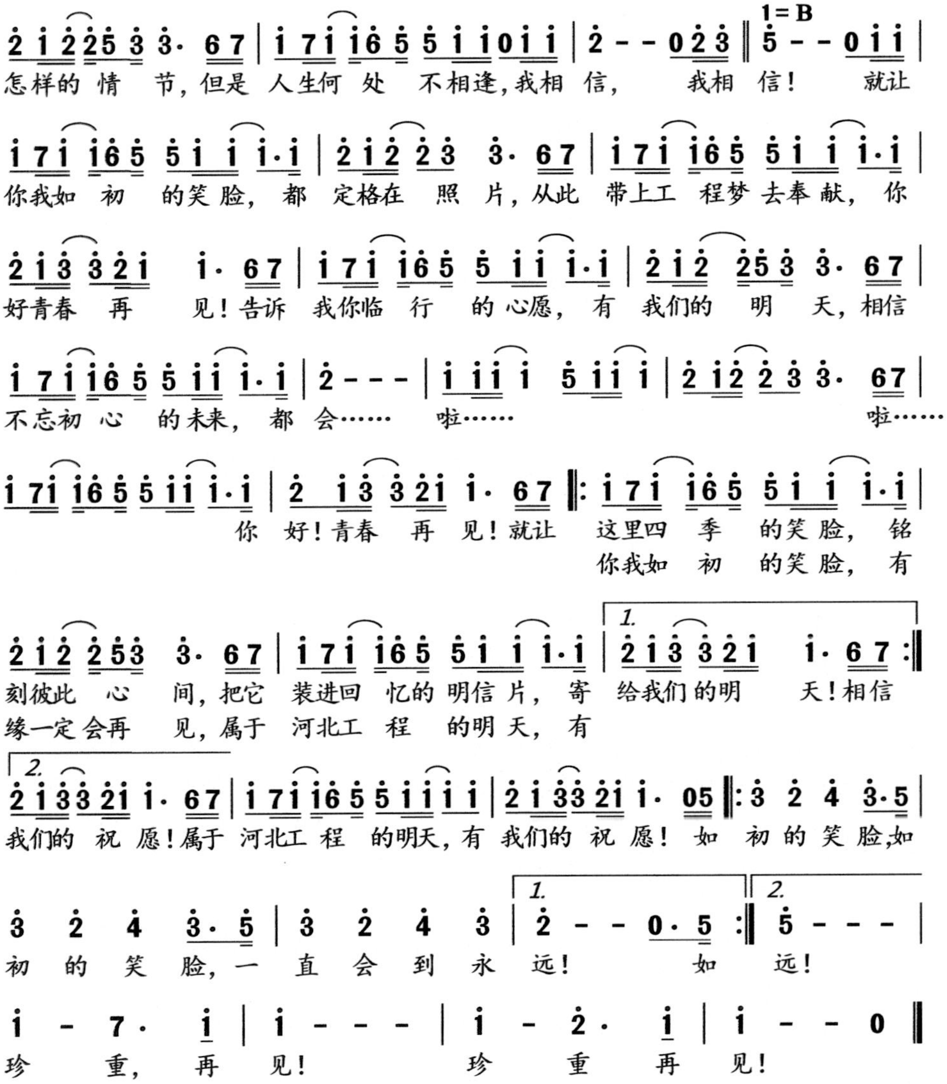
1=B
怎样的情节，但是人生何处不相逢，我相信，我相信！就让
你我如初的笑脸，都定格在照片，从此带上工程梦去奉献，你
好青春再见！告诉我你临行的心愿，有我们的明天，相信
不忘初心的未来，都会…… 啦…… 啦……
你好！青春再见！就让这里四季的笑脸，铭
你我如初的笑脸，有
刻彼此心间，把它装进回忆的明信片，寄给我们的明天！相信
缘一定会再见，属于河北工程的明天，有
我们的祝愿！属于河北工程的明天，有我们的祝愿！如初的笑脸，如
初的笑脸，一直会到永远！如远！
珍重，再见！珍重再见！

光明南大街 199 号

贾东水　刘　超　词
　　　　刘　超　曲

《光明南大街 199 号》为河北工程大学 2019 年毕业歌。歌曲集中表达了广大师生员工作别老校区、拥抱新校区的真挚情感，先后被中国教育电视台、河北日报、邯郸日报等官方新媒体转发，更被各地校友会用于年度活动主题歌曲。

《光明南大街 199 号》MV 摄制剧照

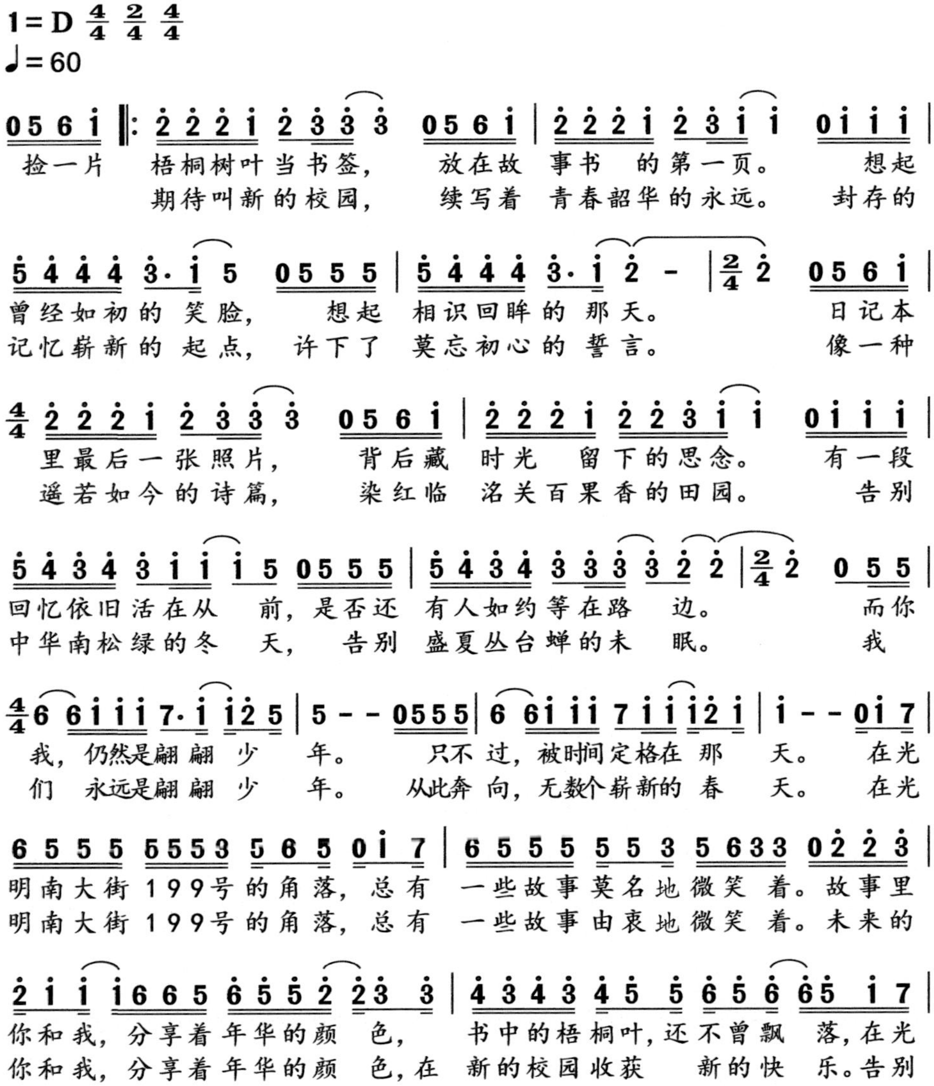
1=D 4/4 2/4 4/4
♩=60
捡一片 梧桐树叶当书签， 放在故 事书 的第一页。 想起
期待叫新的校园， 续写着 青春韶华的永远。 封存的
曾经如初的笑脸， 想起 相识回眸的那天。 日记本
记忆崭新的起点， 许下了 莫忘初心的誓言。 像一种
里最后一张照片， 背后藏 时光 留下的思念。 有一段
遥若如今的诗篇， 染红临 洺关百果香的田园。 告别
回忆依旧活在从 前，是否还 有人如约等在路 边。 而你
中华南松绿的冬 天， 告别 盛夏丛台蝉的未 眠。 我
我，仍然是翩翩少 年。 只不过，被时间定格在那 天。 在光
们 永远是翩翩少 年。 从此奔 向，无数个崭新的春 天。 在光
明南大街199号的角落，总有 一些故事莫名地微笑着。故事里
明南大街199号的角落，总有 一些故事由衷地微笑着。未来的
你和我，分享着年华的颜 色， 书中的梧桐叶，还不曾飘 落，在光
你和我，分享着年华的颜 色，在 新的校园收获 新的快 乐。告别

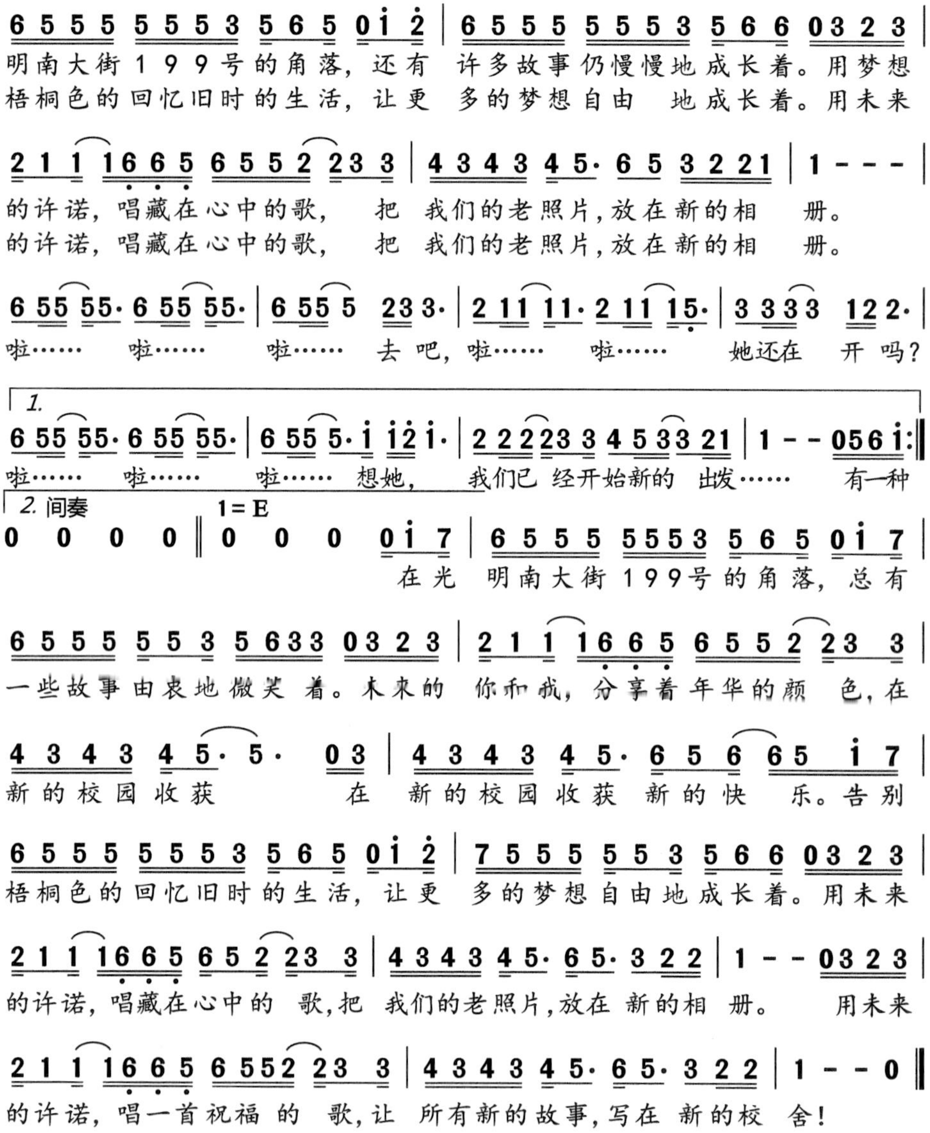
明南大街199号的角落，还有 许多故事仍慢慢地成长着。用梦想
梧桐色的回忆旧时的生活，让更 多的梦想自由 地成长着。用未来
的许诺，唱藏在心中的歌， 把 我们的老照片，放在新的相 册。
的许诺，唱藏在心中的歌， 把 我们的老照片，放在新的相 册。
啦…… 啦…… 啦…… 去 吧，啦…… 啦…… 她还在 开 吗？
1.
啦…… 啦…… 啦…… 想她， 我们已 经开始新的 出发…… 有一种
2. 间奏
1=E
在光 明南大街199号的角落，总有
一些故事由衷地微笑 着。未来的 你和我，分享着年华的颜 色，在
新的校园收获 在 新的校园收获 新的快 乐。告别
梧桐色的回忆旧时的生活，让更 多的梦想自由地成长着。用未来
的许诺，唱藏在心中的 歌，把 我们的老照片，放在 新的相 册。 用未来
的许诺，唱一首祝福 的 歌，让 所有新的故事，写在 新的校 舍！

书写明天

贾东水 刘 超 词
刘 超 曲

《书写明天》为河北工程大学 2020 年毕业歌。受新冠疫情的影响，歌曲由 180 名毕业生代表在各自的家乡利用网络共同完成录制与 MV 的摄制工作。歌曲先后在中国教育电视台《毕业留声机 》栏目及《学习强国》全国平台展播。

《书写明天》MV 截图

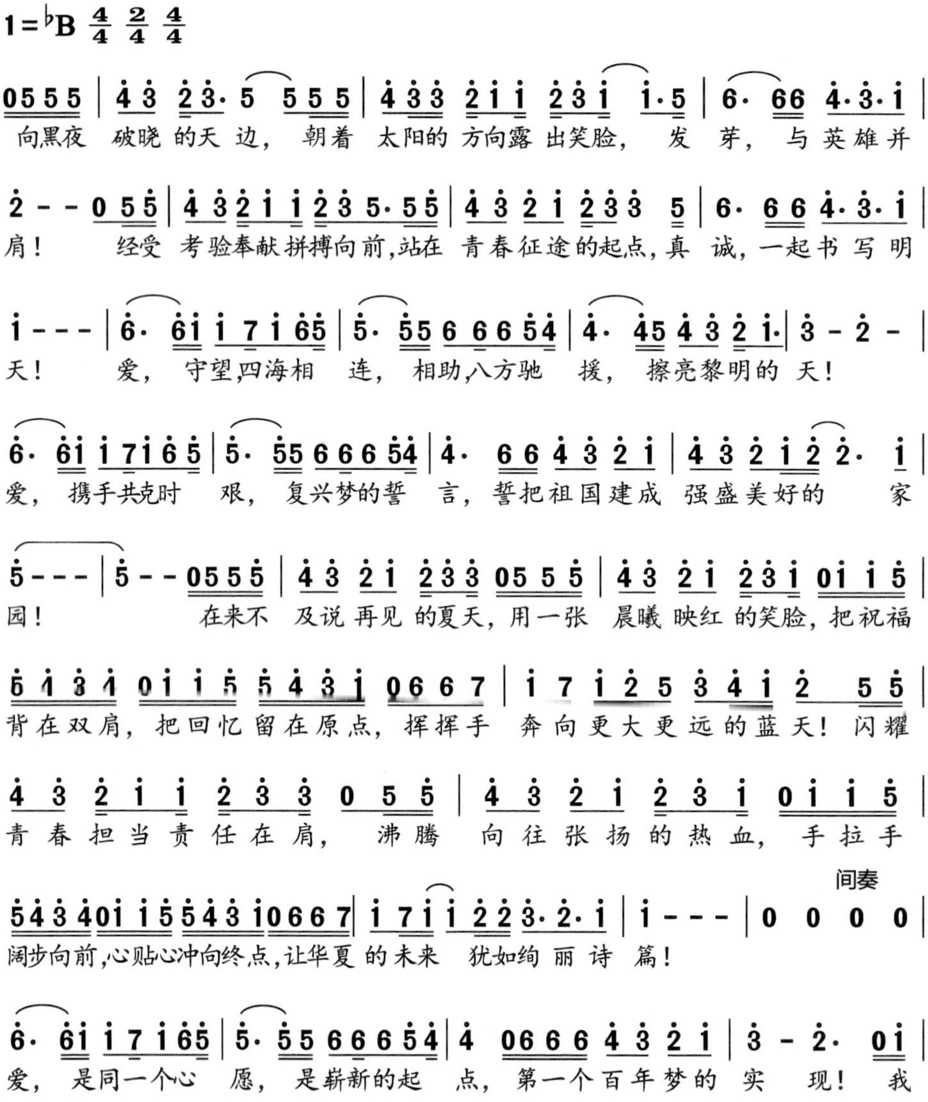
1=♭B 4/4 2/4 4/4
向黑夜 破晓的天 边， 朝着 太阳的 方向露 出笑脸， 发 芽， 与英雄并
肩！ 经受 考验奉献拼搏向前，站在 青春征途的起点，真 诚，一起书写明
天！ 爱， 守望，四海相 连， 相助，八方驰 援， 擦亮黎明的 天！
爱， 携手共克时 艰， 复兴梦的誓 言，誓把祖国建成 强盛美好的 家
园！ 在来不 及说 再见 的夏天，用一张 晨曦 映红 的笑脸，把祝福
背在双肩，把回忆留在原点，挥挥手 奔向更大更远的蓝天！闪耀
青春担当责任在肩， 沸腾 向往张扬的热血， 手拉手
间奏
阔步向前，心贴心冲向终点，让华夏 的未来 犹如绚 丽 诗 篇！
爱， 是同一个心 愿， 是崭新的起 点， 第一个百年梦的 实 现！ 我

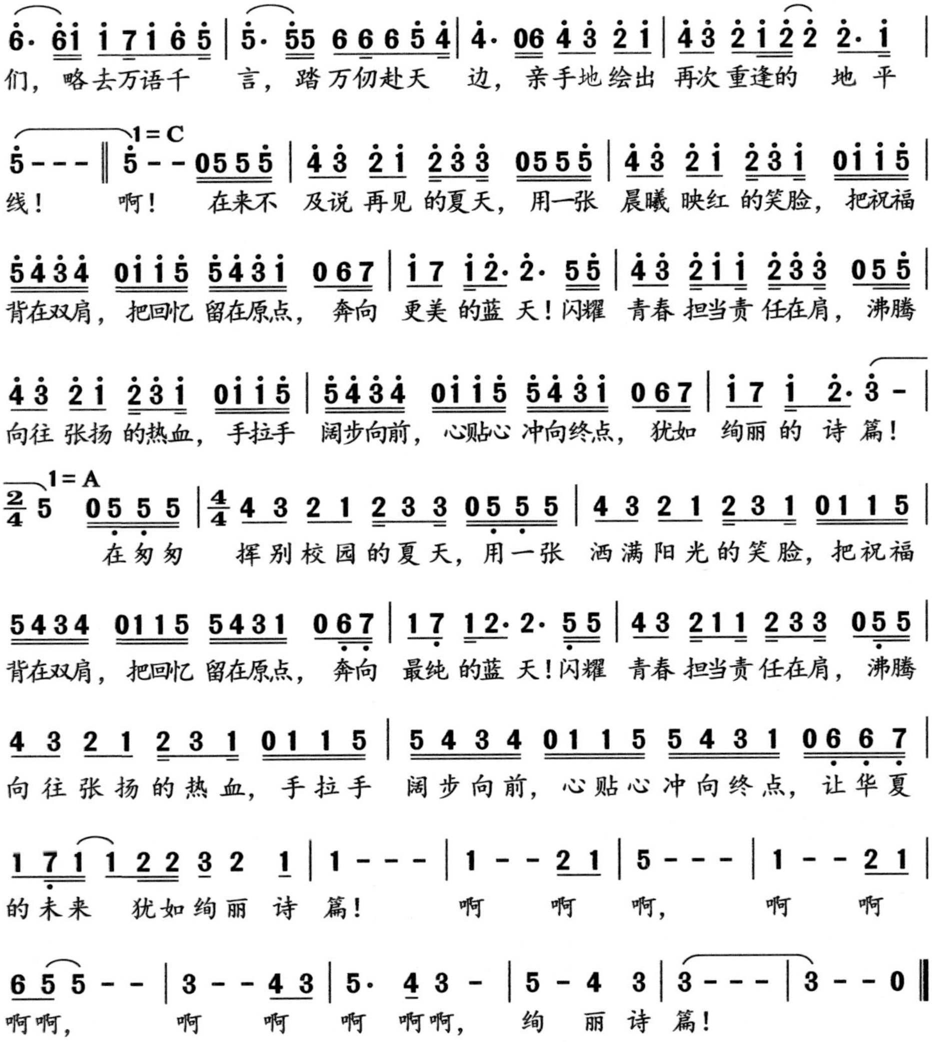
们，略去万语千 言，踏万仞赴天 边，亲手地绘出 再次重逢的 地 平
1＝C
线！ 啊！ 在来不 及说 再见 的夏天，用一张 晨曦 映红 的笑脸，把祝福
背在双肩，把回忆 留在原点， 奔向 更美 的蓝 天！闪耀 青春 担当责 任在肩， 沸腾
向往 张扬 的热血，手拉手 阔步向前，心贴心 冲向终点， 犹如 绚丽 的 诗 篇！
1＝A
在匆匆 挥别校园的夏天，用一张 洒满阳光的笑脸，把祝福
背在双肩，把回忆 留在原点， 奔向 最纯 的蓝 天！闪耀 青春 担当责 任在肩， 沸腾
向往张扬的热血，手拉手 阔步向前，心贴心冲向终点，让华夏
的未来 犹如绚丽 诗 篇！ 啊 啊 啊， 啊 啊
啊啊， 啊 啊 啊 啊啊， 绚 丽 诗 篇！

青春荣光

贾东水 刘 超 词
刘 超 宋 欣 常 晧 曲

《青春荣光》为河北工程大学2021年毕业歌，也是河北工程大学原创毕业歌系列活动十周年的收官作品。歌曲由2021届优秀毕业生群体演唱，以奋斗致青春，献礼中国共产党成立100周年。歌曲先后在《学习强国》学习平台、中国青年报、长城网、燕赵晚报、邯郸日报、邯郸电视台等多个国家级、省市级媒体平台展播，并再次入围中宣部文艺局、教育部思政司指导，中国教育电视台主办的“牢记时代使命 唱响青春旋律”全国校园歌曲创作推广活动优秀作品。

《青春荣光》MV 截图

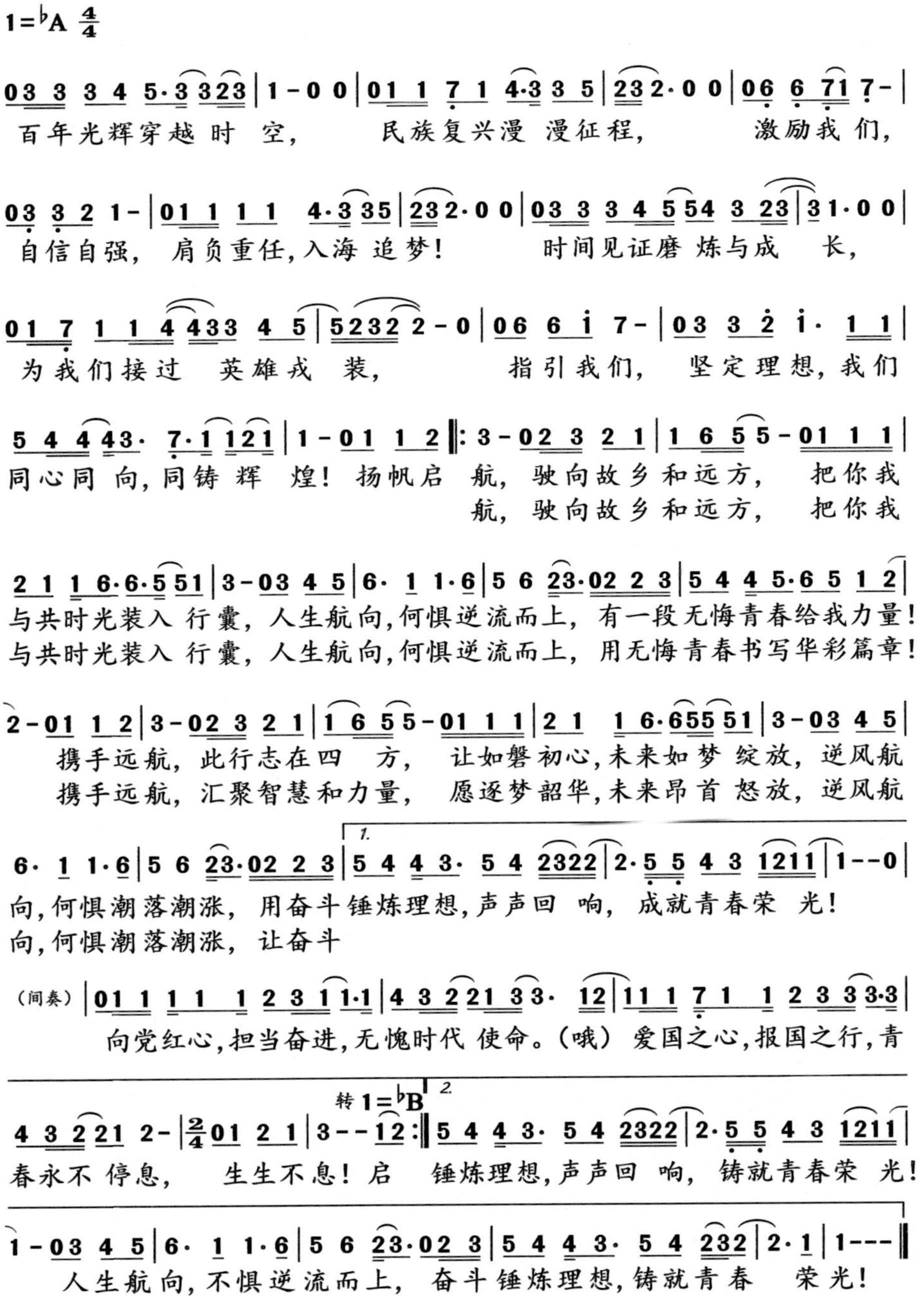
1=♭A 4/4
百年光辉穿越时 空，民族复兴漫 漫征程，激励我 们，
自信自强，肩负重任，入海 追梦！时间见证磨 炼与成 长，
为我们接过 英雄戎 装，指引我们，坚定理想，我们
同心同 向，同铸 辉 煌！扬帆启 航，驶向故乡和远方，把你我
航，驶向故乡和远方，把你我
与共时光装入 行囊，人生航向，何惧逆流而上，有一段无悔青春给我力量！
与共时光装入 行囊，人生航向，何惧逆流而上，用无悔青春书写华彩篇章！
携手远航，此行志在四 方，让如磐初心，未来如梦 绽放，逆风航
携手远航，汇聚智慧和力量，愿逐梦韶华，未来昂首 怒放，逆风航
1.
向，何惧潮落潮涨，用奋斗锤炼理想，声声回 响，成就青春荣 光！
向，何惧潮落潮涨，让奋斗
（间奏）
向党红心，担当奋进，无愧时代 使命。（哦）爱国之心，报国之行，青
春永不 停息，生生不息！启
转 1=♭B
2.
锤炼理想，声声回 响，铸就青春荣 光！
人生航向，不惧逆流而上，奋斗锤炼理想，铸就青春 荣光！

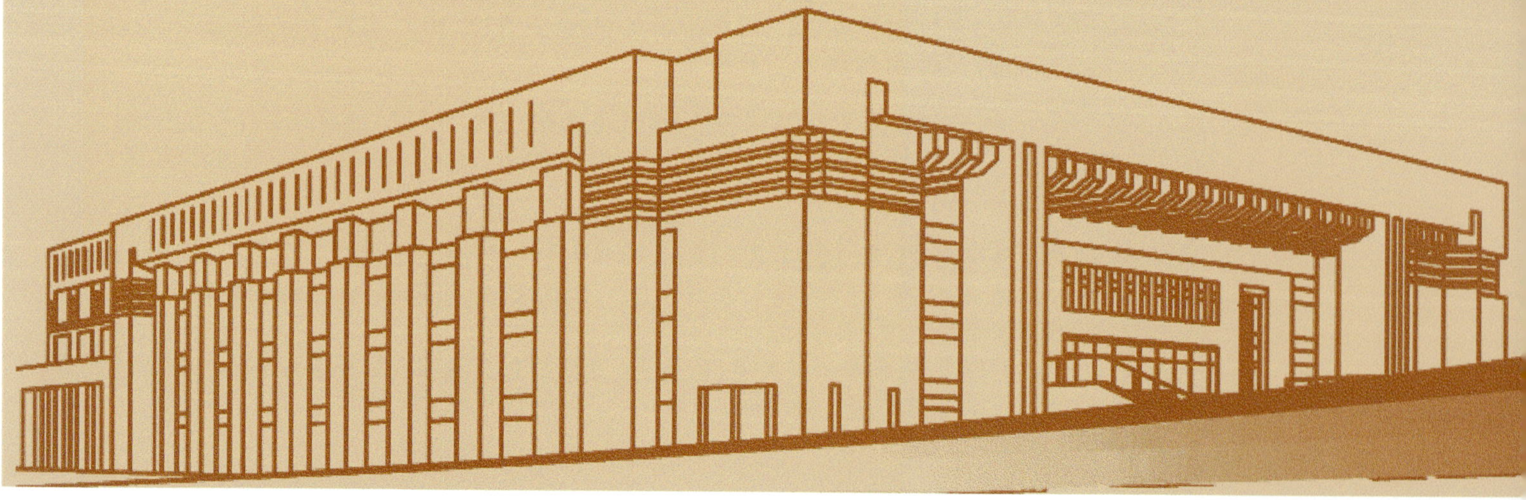

第三部分

合唱作品

兰陵王

崔 薇 曲

《兰陵王》为河北工程大学男生合唱团委约作品。歌曲特邀国内知名合唱作曲家崔薇为合唱团参加全国第四届大学生艺术展演而创作。歌曲荣获全国第四届大学生艺术展演二等奖，河北省第七届音乐金钟奖银奖。2016 年，歌曲受邀参加北京大学生音乐节。全曲描绘了赵国时期的山水田园画面，并叙述了兰陵王出征沙场时英勇杀敌的场景，歌颂了兰陵王的丰功伟绩。

河北工程大学男声合唱团在全国第四届大学生艺术展演现场

Hichiriki
Piano
慢起渐快
回原速
fp
fz
Ped.
Chinese Bass Drum
f

6
T1
T2
B1
B2
pp
mp
a
Hichiriki
Pno.

2

3
21
rit.
T1
T2
B1
B2
Pno.
pp
陇头流水 流离山下 念吾一身 飘然
p
Ped.

25
T1
T2
B1
B2
Pno.
旷野 陇头流水 呜声呜咽 遥望秦川 心肝
旷野旷野 陇头流水 呜声呜咽 遥望秦川 心肝
pp

29
T1
断绝 我行空碛 沙之磷磷 草之幂幂
T2
断绝 我行空碛 沙之磷磷 草之幂幂
B1
断绝 我行空碛 沙之磷磷 草之幂幂
B2
断绝 a 我行空碛 沙之磷磷 草之幂幂
mp
Pno.

33
T1
草之幂幂 忆昔仗 剑 为 家
T2
草之幂幂 忆昔仗 剑 为 家
B1
草之幂幂 忆 昔 忆 昔 仗 剑
B2
草之幂幂 忆 昔 忆 昔 仗 剑
Pno.

37
T1
国 刀 戟 入 阵 谱 战 烁
T2
国 刀 戟 入 阵 谱 战 烁 战 烁
B1
为 家 国 刀 戟 谱 战 烁 战 烁
B2
为 家 国 刀 戟 谱 战 烁 战 烁
Pno.

41
T1
论 兵 虎 帐 功 蹉 跎 胡 旋 舞 当 宴 宛 转 客 颜
T2
论 兵 虎 帐 功 蹉 跎 胡 旋 舞 当 宴 宛 转 客 颜
B1
论 兵 虎 帐 功 蹉 跎 胡 旋 舞 当 宴 宛 转 客 颜
B2
论 兵 虎 帐 功 蹉 跎 胡 旋 舞 当 宴 宛 转 客 颜
Hichiriki
Pno.

6
45
T1
酡 客 颜 酡 宛 转 宛 转 客 颜
T2
酡 客 颜 酡 当 宴 宛 转 客 颜
B1
酡 宛 转 宛 转 客 颜
B2
酡 宛 转 客 颜
Hichiriki
Pno.
49
T1
rit.
酡 鬼 面 夺 无 识 兰 陵 玉 颜 多
T2
酡 鬼 面 夺 无 识 兰 陵 玉 颜 多
B1
酡 客 颜 酡 鬼 面 玉 颜 多
B2
酡 客 颜 酡 鬼 面 玉 颜 多
Hichiriki
Pno.
Bass Drum
pp

7
53
♩= 152
T1
阵！
T2
入　入　阵！　兰　陵　武　王　高　长　恭　文　襄　四　子　是　也
B1
陵　入　阵！
B2
兰　入　阵！
Pno.
Bass Drum
56
T1
a
T2
突　厥　入　侵　为　中　军　率　五　百　骑　再　入　周　军　逐　至　金　墉
B1
周　军
B2
周　军
Pno.

8

59
T1
T2
之 下 被 困 甚 急 城 上 人 弗 识 免 胄 示 面 于 是 大 捷
B1
B2
Pno.

63
T1
mf
入 阵！ 兰 陵 武 王 高 长 恭 文 襄 四 子 是 也
T2
入 阵！
mp
a
B1
mf
入 阵！ 兰 陵 武 王 高 长 恭 文 襄 四 子 是 也
B2
入 阵！
mp
a
Pno.
mf

9

66
T1
突厥入侵为中军率五百骑再入周军逐至金墉
T2
a 周军 a
B1
突厥入侵为中军率五百骑再入周军逐至金墉
B2
a 周军 a
Pno.

69
T1
之下被困甚急城上人弗识免胄示面
T2
B1
之下被围甚急城上人弗识免胄示面
B2
Pno.

10
72
T1
于 是 大 捷 阵 胜
T2
于 是 大 捷 入 得
B1
于 是 大 捷 陵 敌
B2
于 是 大 捷 兰 杀
Pno.

75
T1
入阵 得胜 入 阵! 兰 陵 武 王
T2
入阵 得胜 入 阵! 兰 陵 武 王
B1
兰陵 杀敌 入 阵! 兰 陵 武 王
B2
兰陵 杀敌 入 阵! 兰 陵 武 王
Pno.

78
T1
高长恭 文襄四子是也 突 厥 入 侵 为中军
T2
高长恭 文襄四子是也 突 厥 入 侵 为中军
B1
高长恭 文襄四子是也 突 厥 入 侵 为中军
B2
高长恭 文襄四子是也 突 厥 入 侵 为中军
Pno.
fz
mf

80
T1
率五百骑 再 入周 军
mf
阵
T2
率五百骑 再 入周 军
mf
入
B1
率五百骑 再 入周 军
mf
陵
B2
率五百骑 再 入周 军
mf
兰
Pno.

83
T1
胜
ha
T2
得
ha
B1
敌
ha
B2
杀
ha
Pno.
86
Pno.
ff
89
Pno.

92
T1
T2
B1
B2
cresc.
rit.
入阵　得胜　入阵　得胜
兰陵　杀敌　兰陵　吾王
Pno.
Bass Drum

96
ff ♩= 66
T1
T2
B1
B2
神　武　万　代　吾　王！　披　坚　饰　甲　金　戈　铁
Pno.
Bass Drum
f

14
99
T1
马 雄 关 演 兵 飞 沙 英 雄 入 阵 一 笑
T2
马 雄 关 演 兵 飞 沙 英 雄 入 阵 一 笑
B1
马 雄 关 演 兵 飞 沙 英 雄 入 阵 一 笑
B2
马 雄 关 演 兵 飞 沙 英 雄 入 阵 一 笑
Hichiriki
Pno.
Bass Drum
103
T1
罢 神 武 兰 陵 吾 王 魅 魅 代 面 威 震 四
T2
罢 神 武 兰 陵 吾 王 魅 魅 代 面 威 震 四
B1
罢 神 武 兰 陵 吾 王 魅 魅 代 面 威 震 四
B2
罢 神 武 兰 陵 吾 王 魅 魅 代 面 威 震 四
Hichiriki
f
Pno.
Bass Drum

107
T1
方，
入 阵 得 胜 吾 王！ 天 地 旗 旌
T2
方，
入 阵 得 胜 吾 王！ 天 地 旗 旌
B1
方，
入 阵 得 胜 吾 王！ 天 地 旗 旌
B2
方，
入 阵 得 胜 吾 王！ 天 地 旗 旌
Hichiriki
Pno.
Bass Drum
111
♩= 132
T1
扬
T2
扬
B1
扬
B2
扬
Pno.
ff
ff
刮钉
Bass Drum

将相和

罗麦朔　词曲

《将相和》为河北工程大学男生合唱团委约作品。歌曲特邀中国音乐学院作曲系罗麦朔博士为合唱团参加全国第五届大学生艺术展演而创作。歌曲荣获河北省第五届大学生艺术展演一等奖。作品由发源于邯郸的“完璧归赵”“渑池之会”和“负荆请罪”三个成语典故组成。

河北工程大学男声合唱团在河北省第五届大学生艺术展演现场

♩=78
男高
春 秋 战 国
男低
钢琴
ff
f
3

7
T.
群 雄 混 战。
舍 人 蔺 相 如
赵 国 中 坚。
B.
赵 国
Pno.
f
3

2

13
♩=126
T.
中坚。
mf
厮 杀 疆 场
不 辱 使 命
B.
中 坚 中 坚。
mp
厮 杀 疆 场
不 辱 使 命
Pno.
f
mf
21
T.
战 魏 胜 齐， 厮 杀 疆 场 战 魏 胜 齐，
舌 战 秦 王， 不 辱 使 命 舌 战 秦 王，
mf
威
完
B.
战 魏 胜 齐， 厮 杀 疆 场 战 魏 胜 齐，
舌 战 秦 王， 不 辱 使 命 舌 战 秦 王，
mf
Pno.
f
29
T.
震 平 原。 威 震
壁 归 赵， 完 壁
f
B.
f
Pno.
mf
f

35
T.
B.
Pno.
mf
平　原。
归　赵，
坚壁固守　抗秦三年，
弹琴击缶　渑池妙招，
f
43
坚壁固守　抗秦三年，坚壁固守　抗秦三年，
弹琴击缶　渑池妙招，弹琴击缶　渑池妙招，
长　平
赵　王
50
鏖　战。
颜　保，
长　平
赵　王
鏖　战。
颜　保，

4

58
♩=93
T.
B.
Pno.
官拜上卿 低调谦虚， 低调谦虚，
官封上卿
69
♩=88
蔺相如拜相 激恼了廉颇， 蔺相如
口出恶言， 啊
78
卑贱有朝相遇 羞辱他何妨。 蔺相如闻讯 退避

87
T.
三 舍。 出 言 友 善， 赵 国 今 天 因是和睦
B.
唔
Pno.
97
文臣武 将， 赵 国今 天 因是 和睦 文臣 武 将，
唔 唔 唔 文臣
105
羞 愧，羞 愧。 负 荆 请
武 将， 廉 颇 羞 愧， 羞 愧，羞 愧，羞 愧，羞 愧。 负 荆 请
p
mp
fp

6
114
Meno mosso
T.
罪，负荆请罪，
将相和
B.
罪，负荆请罪，请罪
Pno.
122
将相和千古佳话国富民强，
128
将相和将相和千古佳话

7

陌上桑

温雨川　曲

《陌上桑》为河北工程大学“高等学校、社会力量参与小学体育美育发展”项目（以下简称“高参小”项目）委约作品。本曲特邀天津大学艺术教育中心北洋合唱团驻团指挥、作曲家温雨川创作。作品在 2016 年举办的第十三届中国国际合唱节完成首演。

作品《陌上桑》在北京音乐厅完成首演

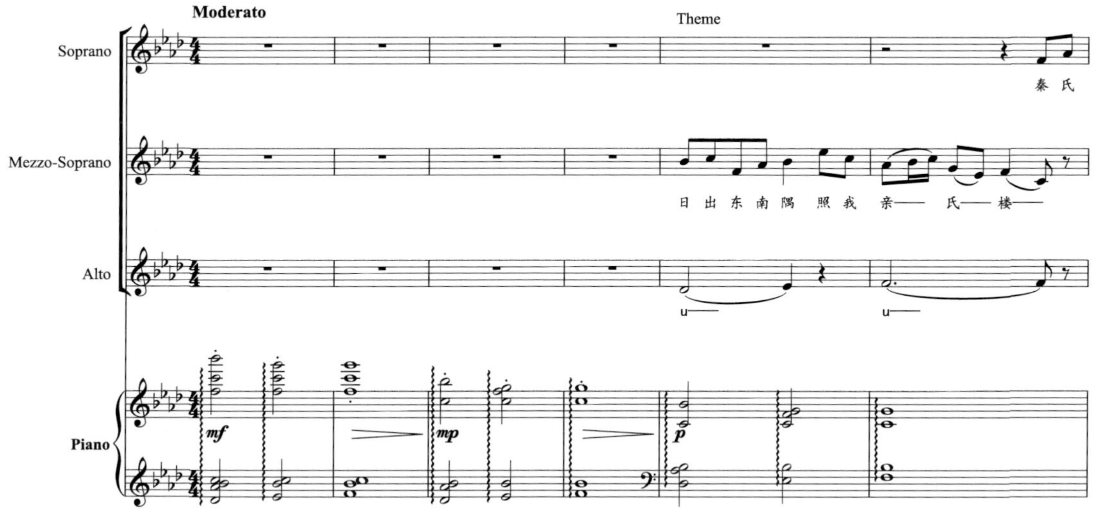
Moderato
Theme
Soprano
秦 氏
Mezzo-Soprano
日 出 东 南 隅 照 我 亲—— 氏—— 楼——
Alto
u——
u——
Piano
mf
mp
p

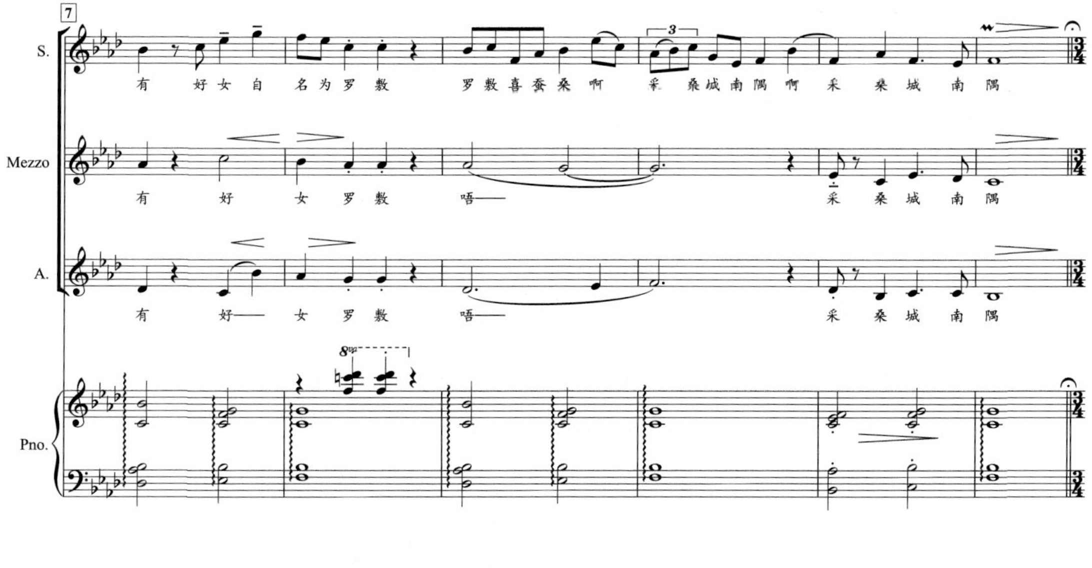
7
S.
有 好 女 自 名 为 罗 数 罗 数 喜 蚕 桑 啊 采 桑 城 南 隅 啊 采 桑 城 南 隅
Mezzo
有 好 女 罗 数 唔—— 采 桑 城 南 隅
A.
有 好—— 女 罗 数 唔—— 采 桑 城 南 隅
Pno.

2

13
Più vivo
leggiero
S.
青呀青 丝 为 笼 系 桂 呀 桂 枝 为 笼 钩 头 呀 头 上 倭 堕
Mezzo
青呀青 丝 为 笼 系 桂 呀 桂 枝 为 笼 钩 头 呀 头 上 倭 堕
A.
青 丝 为 笼 系 桂 枝 为 笼 钩
Pno.
leggiero

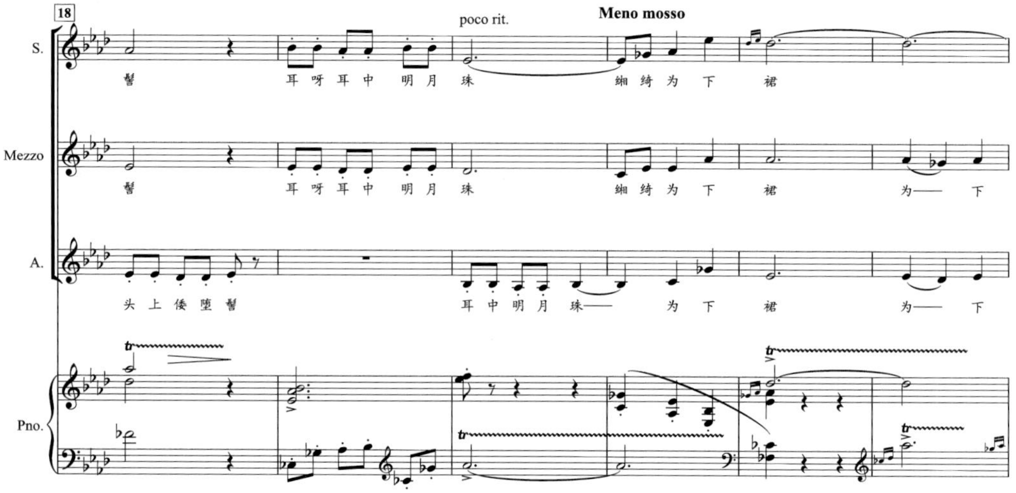
18
poco rit.
Meno mosso
S.
髻 耳 呀 耳 中 明 月 珠 缃 绮 为 下 裙
Mezzo
髻 耳 呀 耳 中 明 月 珠 缃 绮 为 下 裙 为—— 下
A.
头 上 倭 堕 髻 耳 中 明 月 珠—— 为 下 裙 为—— 下
Pno.

24
poco a poco rit.
Var. 1
Tempo primo
S.
紫绮为上襦
Mezzo
裙为上襦
A.
裙为上襦
Pno.
pp
e leggierissimo
pp

30
S.
少年 啊见罗敷脱帽
Mezzo
行者见罗数下担捋髭须 少年见罗数
A.
行者见罗数 捋髭须 见罗
Pno.

33
S.
著 帻头 啊—— 耕 者 忘 其 锄 相 怨怒 但坐观 罗
Mezzo
著 帻头 忘 其犁 相 怨怒 但 坐 罗
A.
数 著 帻头 锄—— 者 来 归相 怨 怒 观 罗
Pno.
8va
marcato

37
Più vivo
S.
数—— 使君从南 来 五马立踟 蹰
Mezzo
数—— 使君从南来 五 马 立 踟 蹰
A.
数—— 使军从南来 五马立踟蹰
Pno.
tr
tr

5

42
rit.
Meno mosso
S.
使君遣吏往 问是谁家妹 秦氏有好女
Mezzo
使君遣吏往 问是谁家妹 秦氏有好女
A.
使君遣吏往 问是谁家妹 有好女
Pno.
tr

48
Var.2
男声：罗敷年几何？
S.
自名为罗数 二十尚不
Mezzo
有好女 为罗数
A.
有好女 为罗数
Pno.
(tr)
tr

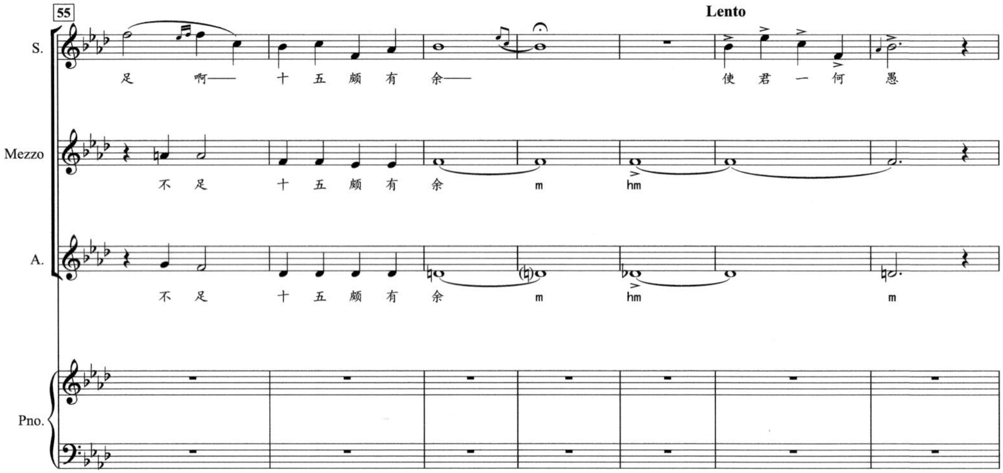
55
Lento
S.
足 啊—— 十 五 颇 有 余——
使 君 一 何 愚
Mezzo
不 足 十 五 颇 有 余 m hm
A.
不 足 十 五 颇 有 余 m hm m
Pno.

62
Vivo
Moderato
S.
使 君 自 有 妇 呀 罗 敷 自 有 夫 东 方 千 余
Mezzo
使 君 自 有 妇 呀 罗 敷 自 有 夫 东 方 千 余
A.
使 君 自 有 妇 呀 罗 敷 自 有 夫 东 方 千 余
Pno.
5
5
5

65
S.
骑
太 婿 居 上
头
Mezzo
骑
夫 婿 居 上
头
A.
骑
夫 婿 居 上
头
Pno.
8vb
5
calmato

68
calmato
Var.3
Allegro ma non troppo
S.
何—— 用—— 识—— 夫 婿 白
Mezzo
何—— 用—— 识—— 夫 婿 白
A.
何—— 用—— 识—— 夫 婿 白
Pno.
espress.
sfz

8

72
S.
马 从骊驹 青 丝系马尾 腰中 鹿卢剑可
Mezzo
马 从骊驹 青 丝系马尾黄金 腰中 鹿卢剑可
A.
马 从骊驹 络马头 腰中 鹿卢剑可
Pno.

75
S.
值 白马 从骊驹青 丝系马尾 黄金络马
Mezzo
值千万余可值 白马 从骊驹青 丝系马尾黄金 黄金络马
A.
值千万余 千万余 白马 从骊驹青 丝系马尾黄金络马头 黄金络马
Pno.
f

79
agaitato con brio
S.
头
Mezzo
十 五 府 小 吏　二 十 朝 大 夫　三 十 侍 中 郎　四 十 专 城 居
A.
十 五 府 小 吏　二 十 朝 大 夫　三 十 侍 中 郎　四 十 专 城 居
Pno.
p
cresc.

83
S.
为 人 洁 白 皙　鬑 鬑 颇 有 须　盈 盈 公 府 步 啊　冉 冉 府 中 趋
Mezzo
为 人 洁 白 皙　鬑 鬑 颇 有 须　盈 盈 公 府 步——　冉 冉 府 中 趋
A.
为 人 洁 白 皙　鬑 鬑 颇 有 须　盈 盈 公 府 步——　冉 冉 府 中 趋
Pno.
mf
cresc.
f

87
allargando
Coda
S.
Mezzo
A.
Pno.
坐 中 数 千 人 呐 皆 言 夫 婿 殊 啦 啦 啦 啦 啦 啦 啦 啦 啦 啦 啦
cresc.
8va
ff

92
S.
Mezzo
A.
Pno.
f
mf
啊——
唔——
(8)
p
delicato

99
S.
罗 数 喜 蚕 桑 采 桑 东—— 南 隅 啊
Mezzo
u——
A.
u——
Pno.
p
15ma

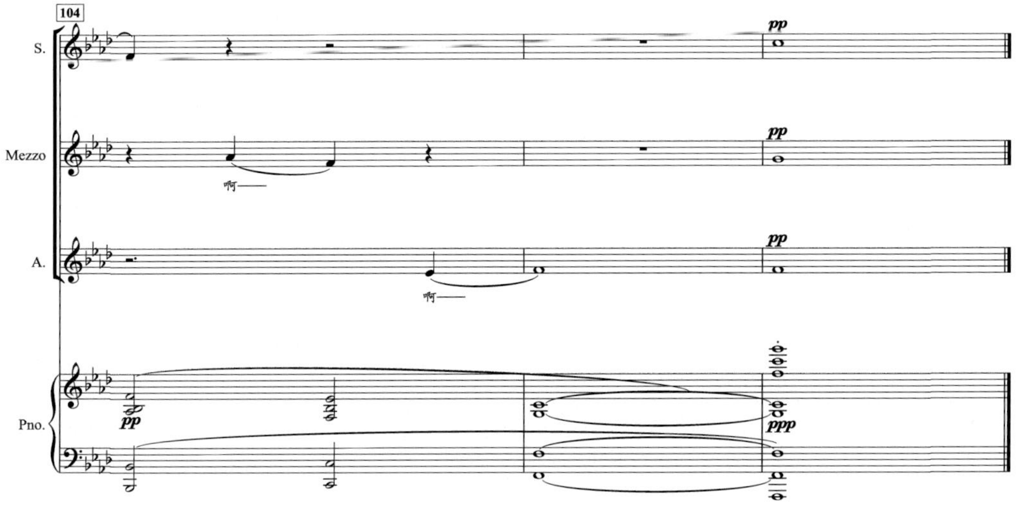
104
S.
pp
Mezzo
啊——
pp
A.
啊——
pp
Pno.
pp
ppp

我家住在回车巷

龚庆丰　词
温雨川　曲

《我家住在回车巷》为河北工程大学“高参小”项目委约作品。歌曲特邀天津大学艺术教育中心北洋合唱团驻团指挥、作曲家温雨川创作。作品在2017年第八届中国魅力校园合唱节中获得银奖，并受邀在第九届中国少年儿童合唱节中再次演唱。

Moderato
Voice 1
Voice 3
Piano
mf
p
紧挨着高高的
我家住在回车巷
紧挨着高高的
6
古城墙
小巷里玩过捉迷藏
古城墙
墙根下我曾过家家
玩过捉迷藏
Pno.
11
爷爷的故事告诉我
就停在我家大门
蔺相如的马车
就停在我家大门
Pno.

2
16
旁
我家住在回车巷
旁
我家住在回车巷
Pno.

22
poco rit.
紧挨着高高的古城墙小巷里追着那萤火笑墙根下学过
紧挨着古城墙呜小巷里墙根下学过
Pno.

3

27
a tempo
蛐 蛐儿唱 奶奶的故事 告诉我 将相和的故事 就发生在我家门
蛐蛐儿唱 奶奶的故事 告诉我将相 和 啊
Pno.

32
cresc.
f
旁 古城墙啊回车巷 回车巷啊遥远的故事
古城墙回车巷 啊 古城墙啊回车 遥远的故事
古城墙回车巷 啊 古城墙回 车巷 遥巷的故事
Pno.

4
37
迷 住了我 也迷 住了古城墙上 红 红的太 阳 遥 远的故 事 迷 住了我 也
迷 住了我 也迷 住了古城墙上 红 红的太 阳 遥 远的故 事 迷 住了我 也
迷 住了我 也迷 住了古城墙上 红 红的太 阳 遥 远的故 事 迷 住了我 也
Pno.

42
迷 住了古 城 墙 上弯 弯的 月 亮 遥 远 的 故 事
迷 住了古 城 墙 遥 远 的 故 事
迷 住了古 城 墙 遥 远 的 故 事
Pno.

5

46
迷 住 了 我 也 迷 住 了 古 城 墙 上 红 红 的 太 阳
迷 住 了 我 也 迷 住 了 古 城 墙 上 红 红 的 太 阳
迷 住 了 我 也 迷 住 了 古 城 墙 上 红 红 的 太 阳
Pno.
49
遥 远 的 故 事 迷 住 了 我 也 迷 住 了 古 城
遥 远 的 故 事 迷 住 了 我 也 迷 住 了 古 城
遥 远 的 故 事 迷 住 了 我 也 迷 住 了 古 城
8va
dim.
Pno.

6
52
墙 上弯 弯的 月 亮
弯 的 月 亮
弯 的 月 亮
8va
tr
3
Pno.

56
我家住在回 车 巷 紧挨 着高 高的古 城 墙
我家住在回 车 巷 紧挨 着高 高的古 城 墙
我家住在回 车 回 车 巷 紧挨 着高 高的古 城 墙
tr
3
Pno.

61
墙根下我曾过家家　玩过捉迷藏　爷爷的故事
墙根下我曾过家家　玩过捉迷藏
墙根下我曾过家家小巷里玩过捉迷藏
Pno.

66
告诉我蔺相如的马车就停在我家大门旁
门旁
门旁
Pno.

8
71
Pno.

想念爸妈

杨　林　词
汪　辉　曲
李　漠　改编

《想念爸妈》为河北工程大学“高参小”项目创作作品。本曲为学校教师李漠为邯郸市童声合唱团参加第八届中国少年儿童合唱节改编，并由复兴区岭南小学在第九届中国少年儿童合唱节再次使用。

作品《想念爸妈》在邯郸大剧院演出现场

SOPRANO 1
a
SOPRANO 2
a
ALTO
a
Piano

5
门 前 的 石 榴 树 早 已 开 花, 火 红 的 花 瓣 上 印 着 我 的 牵 挂。
墙 角 的 牵 牛 花 爬 上 篱 笆, 嫩 绿 的 藤 蔓 上 洒 过 我 的 泪 花。
啊
已 开 花 —— 印 着 我 的 牵 挂。
上 篱 笆 —— 洒 过 我 的 泪 花。

9
亲爱的爸爸妈妈，你们可听见，我站在树下
亲爱的爸爸妈妈，你们可听见，花儿盛开的时候
啊　我站在树下
花儿盛开的时候

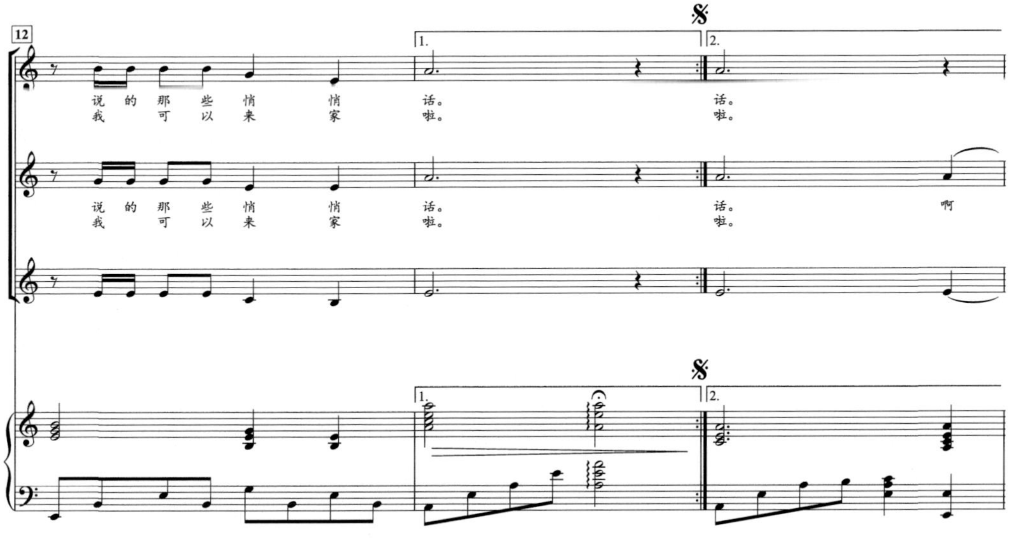
12
1.　2.
说的那些悄悄话。话。
我可以来家啦。啦。
说的那些悄悄话。话。啊
我可以来家啦。啦。

3
15
我 守 着 牵 牛 花
一 天 天 长 大,
啊
啊

17
我 数 着 星 星
盼 望 爸 妈 回 家,
啊

4
19
1.
天 空 里 有 我 许 多 的 梦， 最 多 的 梦 还 是
天 空 里 有 我 许 多 的 梦， 最 多 的 梦 还 是
1.

22
2.
爸 爸 妈 妈 最 多 的 梦 还 是 爸 爸 妈 妈
爸 爸 妈 妈 啊 最 多 的 梦 还 是 爸 爸 妈 妈
2.

26
5
爸 爸 妈 妈 wu
爸 爸 妈 妈 wu

29
wu
wu
mf

6
32
结束句
最 多 的 梦 还 是
最 多 的 梦 还 是
结束句
mp

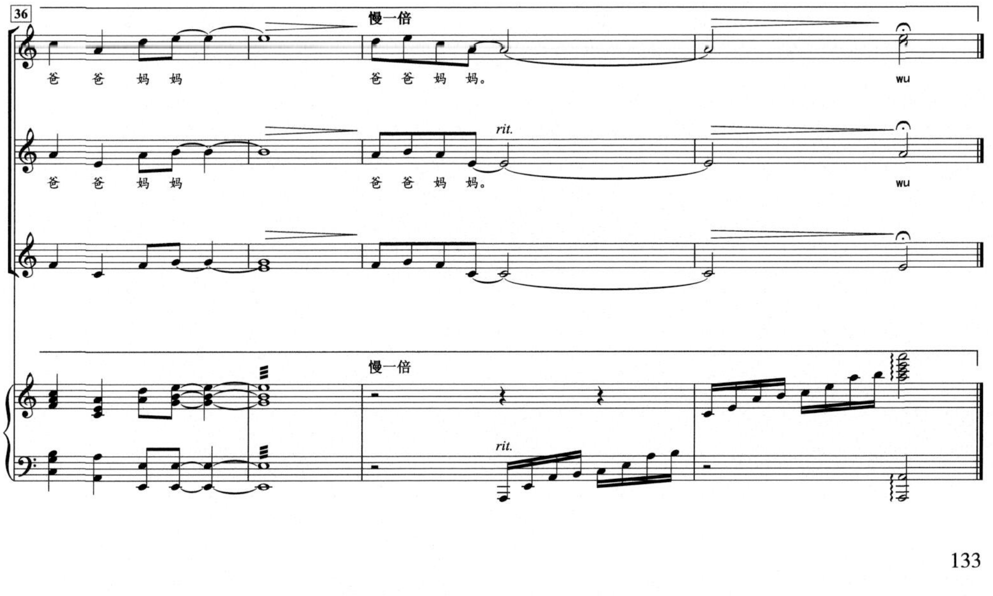
36
慢一倍
爸 爸 妈 妈
爸 爸 妈 妈。
wu
rit.
爸 爸 妈 妈
爸 爸 妈 妈。
wu
慢一倍
rit.

关　雎

赵季平　曲
李　漠　改编

《关雎》为河北工程大学“高参小”项目创作作品。《关雎》出自《诗经·国风·周南》，为中国先秦时代民歌，是《诗经》的首篇，又为十五国风第一篇。赵季平由此创作了同名艺术歌曲《关雎》，该作品曲调优美，极富古典韵味，深刻诠释了我国优秀文化传统和精神内涵。本合唱作品，由李漠根据赵季平作品改编而成。

作品《关雎》在邯郸大剧院演出现场

Grave
SOPRANO 1
SOPRANO 2
ALTO
Piano
p
3
5
8va

2
10
p
关关雎鸠，在河之洲。窈窕淑女，君子好逑，
p
关关雎鸠，在河之洲。窈窕淑女，君子好逑，
窈窕淑女，君子好逑，
p

14
参差荇菜，左右流之，窈窕淑女，寤寐求之，
参差荇菜，左右流之，窈窕淑女，寤寐求之，
参差荇菜，左右流之，窈窕淑女，寤寐求之，

18
mp
求 之 不 得，求 之 不 得，
mp
求 之 不 得，
mp
求 之 不 得，
mp

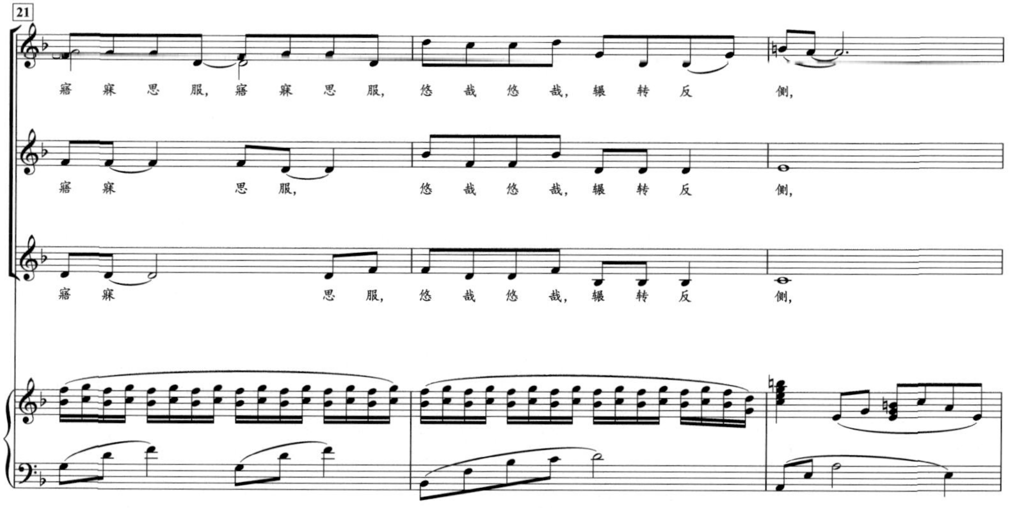
21
寤 寐 思 服，寤 寐 思 服，悠 哉 悠 哉，辗 转 反 侧，
寤 寐 思 服，悠 哉 悠 哉，辗 转 反 侧，
寤 寐 思 服，悠 哉 悠 哉，辗 转 反 侧，

4
24
mp
求 之 不 得，求 之 不 得，寤 寐 思 服，寤 寐 思 服，悠 哉 悠 哉，辗 转 反
mp
求 之 不 得，寤 寐 思 服，悠 哉 悠 哉，辗 转 反
mp
求 之 不 得，寤 寐 思 服，悠 哉 悠 哉，辗 转 反
mf

27
f
侧，参 差 荇 菜，左 右 采
f
侧，侧，参 差 荇 菜，左 右 采
f
侧，侧，参 差 荇 菜，左 右 采
f

30
之，
窈 窕 淑 女，琴 瑟 友
之，
窈 窕 淑 女，琴 瑟 友
之，
窈 窕 淑 女，琴 瑟 友

32
ff
之，
参 差 荇 菜，左 右 芼
之，
参 差 荇 菜，左 右 芼
之，
参 差 荇 菜，左 右 芼

6
34
mf
之，
窈 窕 淑 女，钟 鼓 乐 之，
之，
窈 窕 淑 女，钟 鼓 乐 之，
之，
窈 窕 淑 女，钟 鼓 乐 之，
mf

37
p
窈 窕 淑 女，钟 鼓 乐 之。
wu wu wu.
wu wu wu.
p

7

8

49
君子好 逑,
参差荇菜,左右流之,窈窕 淑女,
君子好 逑,
参差荇菜,左右流之,窈窕 淑女,
君子好 逑,
参差荇菜,左右流之,窈窕 淑女,

53
rit.
寤 寐 求 之.
rit.
寤 寐 求 之.
rit.
寤 寐 求 之.
rit.

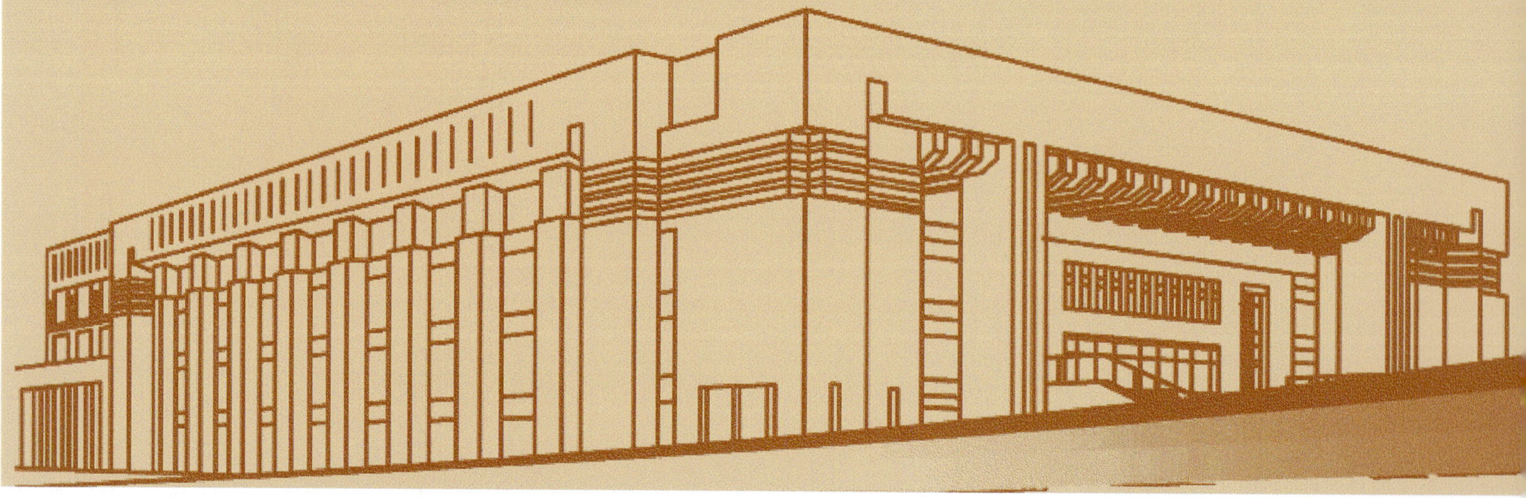

第四部分

展演剧目

无茧不蝶

第一版（2015 年）作者　孟　忆　袁政康
第二版（2016 年）作者　陆桢澄
第三版（2017 年）作者　刘　晶　杨　涛
导演　李　翔　李　漠

作品根据摇着轮椅上北大、入哈佛的郭晖老师和 2011 年度“中国大学生自强之星”刘芳同学身残志坚、自立自强的事迹创作，旨在讲好工程故事，传播工程声音，弘扬自强自立、勇于进取精神。《无茧不蝶》属于现实主义题材话剧，“茧”喻指的是身体、精神或者环境造成的壁垒、让人很难突破的障碍，“蝶”指主人公通过不断努力、自强不息、自我蜕变和自我修炼，最终破茧成蝶、重获新生、走出困境。女主角郭晖生长在一个幸福美满的家庭，学习成绩也很好，但是一次意外让她的脚崴了。一开始只是小问题，后来经过好几次误诊情况不断恶化，导致郭晖面临瘫痪风险。最重要的一次手术前，郭晖、郭晖的父母、同学、医生、病友都对她报以信心，但是最后还是出了意外。面对后半生瘫痪的事实，郭晖一开始不能接受，但是她身边的所有人用正能量带她走出了阴影。郭晖继续努力学习，突破自己，考上了北京大学的博士生，最后任教于河北工程大学，并用自身的榜样作用激励着更多的人。

开　场

【配乐 1，医生上台前开始放，等到医生下场后慢慢安静下来。】

【医生上台，小李飞快地跑过去跪着抱住医生】

小李：张医生，你救救我，救救我啊！

医生：你说说你，你说说你，你心理素质有多差啊！血管破了你止血啊！你，你跑什么跑啊？

小李：我，我当时害怕。

医生：害怕，害怕啥啊？不就是一个滑膜刮除手术啊，我们医院一年最少要做一百例，平均三天一例，每天让你们看的档案三本有一本是关于滑膜刮除手术的，操作流程上怎么讲的，怎么讲的？要开几公分的口子？

小李：要，要，要开 5 公分？

医生：5 公分！ 5 公分！你说说你开了多少啊。

小李：我，我，就是手抖了一下，就是手抖了，开的长了一点。

医生：一点，你 x x 最少开了十公分。

小李：医生，医生，你救救我，你救救我。

医生：救你，最应该救的是那个孩子。

小李：医生，你一定要帮帮我，要是这事捅出去，我这辈子就完了啊。医生，您帮我，我回头一定报答你，我一定好好地报答你。

医生：你报答我，拿什么报答我啊？

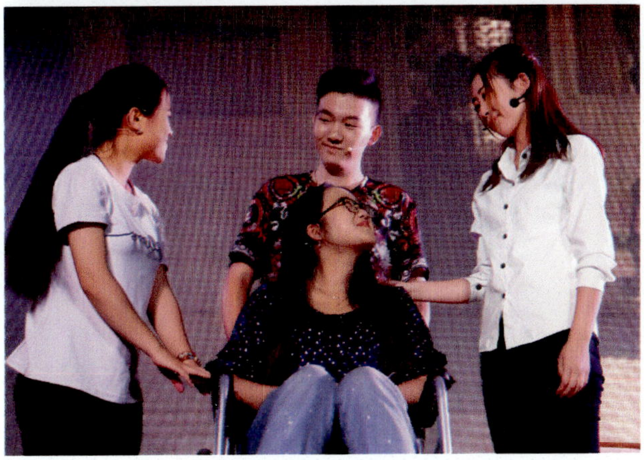

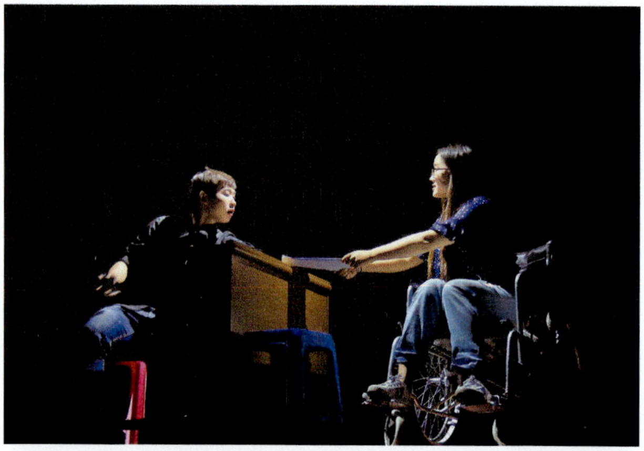

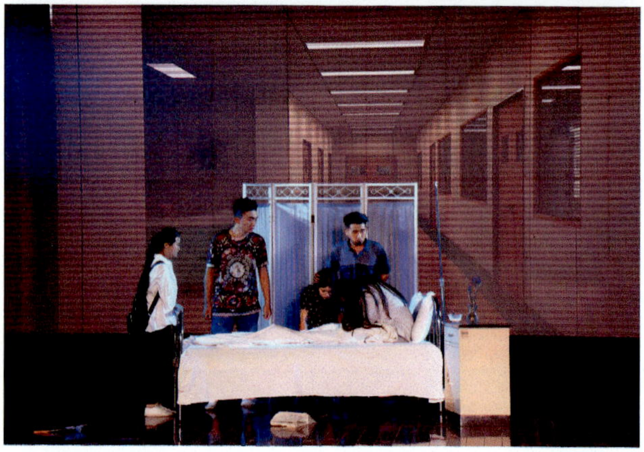

小李：我跟老院长是亲戚，今年评职称，我……

医生：好了，你先回去休息两天，等这两天风头过了再来。

小李：好的，好的。

【小李慌慌张张地就要下台】

医生：等等，小李，你可别忘了你说过的话。

【小李定住不动】

小李：张大夫，（转身）您的恩德，小李记下了。

【小李下场，医生叹息一下从另一侧下场，场暗】

第一幕

第一场【护士带领郭父和郭晖进病房】

郭父：来，小晖，咱先住在这里一段日子。两位好。

六号、八号：你好。

郭晖：爸爸我什么时候能出院啊？

郭父：咱们先在这做些检查，等你病好了咱们就能出院了。

郭晖：嗯。

郭父：小晖啊，爸爸先去给你买一些住院用的东西，然后顺便去医生那里拿一下你的病情化验单，小晖先待在这里等一会儿，爸爸一会儿就回来，回来了带你去吃午饭。

郭晖：好的爸爸。

【郭父出门】

六号：小姑娘啊，你叫什么名字啊？

郭晖：我叫郭晖，你们叫我小晖就好了。

八号；那啥我叫八号，他叫六号。以后你们就这么叫我就好了。

郭晖：八号，六号？

六号：对对对，就这么叫我们。

【护士进门来】

护士：六号，八号，这是今天的药，记得按时吃啊。哎哟，小姑娘，你是新来的吗？

郭晖：你好姐姐，我叫郭晖，你叫我小晖就可以了。

护士：小晖乖，有空姐姐给你带糖吃，姐姐最喜欢像小晖这样懂事的孩子了。

八号：哎哟喂，还姐姐，自己都快成阿姨了。

护士：嘿，八号你说谁呢？

八号：说谁谁心里清楚。

护士：嘿！“麻赛克”，是不是三天不喊你名字，你不知道自己叫什么了？

郭晖：“麻赛克”？八号，你怎么叫这个名字？

八号：我，我，我叫“麻赛克”怎么了？我出生的时候，哪有那么多马赛克。

护士：我看啊，你的脸上就该打满马赛克。

八号：嘿！你……哼……

【这时候六号在一边窃喜】

护士：六号，你笑什么笑，幸灾乐祸的！你也不说说你。

郭晖：唉？你叫什么啊？

六号：我姓黄，红绿灯的那个黄，单名一个励字。

八号：哟，就你那破锣嗓子还好意思叫小黄鹂？

六号：我那是励志的励！不是……

护士：哎呀别说了，反正你的名字跟我们那个更年期的护士长一模一样，哪次喊你不把她招来？黄励！

护士长：叫我干吗？

护士：没叫您，没叫您。（转身对六号说）你看看！你看看！（然后走到郭晖那）小姑娘，我先走了，有什么事情找姐姐啊。

【护士快步出门】

郭晖：马赛克！

八号：哼！

郭晖：黄鹂！

六号：呃

第二场【病房灯光暗，医生那边亮起，然后郭父到达医生所在的办公室】

郭父：医生。

医生：你是郭先生吧？（翻病历）

郭父：嗯。

医生：住院的东西准备得怎么样了？

郭父：都买好了，医生，我的女儿到底是什么病啊？

【配乐 2，首次审判】

医生：化验结果出来了，您的女儿得的是骨核，这一般是由肺结核引起的。

郭父：什么？可是，可是我女儿并没有肺结核的病史啊，怎么可能染上结核病毒呢？

医生：先生您先别着急，听我说，因为前期的不正确治疗，注射了过量的强的松，导致伤情没有得到控制。而这结核病毒，只可能是外界感染的了，我们怀疑可能是注射强的松时感染的。所以您女儿现在的腿部病情很严重。

郭父：这……（很震惊，沉默了一会儿）医生，要怎么才能治好我的女儿？

医生：我们先拿药控制住，然后再做手术刮除掉，不过……这样的话，您女儿的右腿将再也没有办法正常弯曲了。

郭父：什么，什么？医生！您是说我的女儿以后，以后，就是一个残疾人了吗？医生可以不做手术吗？

医生：您的心情我们能理解。可是，如果不做手术的话，万一结核病毒发生转移，有可能会引起肺结核。到时候就并不仅仅是做手术这么简单的问题了。所以，我们还是建议做手术。

郭父：这……这……哎……

医生：您还是早点做决定吧，我好给您安排手术。

郭父：这，医生，我，我？

医生：孩子的病情可不能再耽误了啊。

郭父：这……

第三场【医生这边灯光暗，医生、郭父退场，病房这边亮】

八号：小姑娘，你可不能这么调皮啊。

郭晖：好了好了，我叫你们八号、六号还不可以吗？

六号：以后千万别再喊我名字了，万一把护士长叫过来，啊……你不知道更年期的女人特别可怕吗？

郭晖：好的好的，我听你们的还不行吗！唉？你们为什么来这里的啊？

六号：我是肺……

八号：我是胃病，他是肺病。

六号：要你多嘴！嗯？那小姑娘你是腿部不舒服吧？

郭晖：嗯。就是放学的时候出的一个意外。

八号：意外？反正我跟六号待在这里也是无聊，不如你跟我们讲讲。

郭晖：这……

六号：对，讲讲，就讲讲你们学生之间的事情。反正现在闲着也是闲着。

郭晖：那好吧，那是一天……

【定格，配乐 2，引入回忆】

第二幕

第一场【幕拉开接配乐 3，丙出场，说话时声音渐弱】

甲：哎哟，今天这是怎么了？（打丙屁股一下）

丙：哎哟哎哟！（一把推开甲）还不是我爸揍得。

甲：为啥揍你？我记得你最近没被请家长啊。

丙：是没有被请。可是我家闹耗子，那死耗子把我原来藏在家里面的试卷叼了出来，所以我就……哎……

甲：往事不堪回首啊！不过丙，我记得你家里面不是有一只猫吗？怎么耗子闹的还是那么凶啊？

丙：别提了，那哪是猫啊？那就是一只 Hello Kity，见到耗子比我妈跑得还快，亏我妈平时还那么疼它。

甲：你妈平时都怎么疼它啊？

丙：我跟你说啊，有一次我放学回家，看着桌子上有一包打开的饼干，我妈就叫我吃。

甲：这不对你也挺好的吗？

丙：你听我说完，我想我妈对我好我也得对我妈好不是？我得孝敬父母啊！

甲：对啊，怎么了？

丙：于是我一边吃着，一边递给我妈，给我妈吃，结果你猜怎么着？

甲：怎么着？

丙：我妈说，她不吃猫吃剩下的。

甲：你妈可真是够心疼猫的，我说最近教室里怎么多了那么多醋味呢！

乙：老师来了！（配乐 3 停止）

【甲丙两个人一惊，然后赶紧跑回自己的位子上，丙的屁股疼，连走带蹦回座位】

丙：哪有！哪有什么老师！

【乙和郭晖大笑，然后慢慢地转严肃】

丙：哎哟我这屁股啊，疼死我了！哎哟喂，乙，你说说你，心眼儿咋那么坏呢？哎哟疼死我了！哎哟，甲你眨什么眼啊，你眼里进沙子了？还有你乙，你没事提什么老师！你提什么老师！我现在听到老师两个字就都是眼泪。

【老师已经悄悄地走到丙身后】

老师：嗯？

丙：呃，老师。

老师：怎么了丙，咋的一提老师你就都是眼泪了？

丙：那个，那个，那个老师还不是想到您日日夜夜为我们操劳（贱笑转哭）我还考不好，觉得对不起您！这……这不就留下悔恨的泪水了吗？

老师：贫！还有你甲，你挤什么眼睛？

甲：老师，我，我昨晚看书看多了，眼睛酸。

老师：你也贫！你们两个怎么不去说相声去呢？

【配乐 4：上课铃声】

老师：行了上课了，先坐回去。

【同学们坐好】

老师：现在先说说你们的作业。丙，你是不是抄了甲的作文？

甲：老师，没有啊！

老师：没有？那甲，你告诉我，为什么你姐姐结婚的所有嫁妆、步骤、亲戚说的话怎么跟乙的哥哥结婚一模一样？

丙：这，结婚嘛！都差不多嘛。

老师：差不多？你是一点都不差。你哥哥娶他姐姐吗？

丙：对！对！对！就是我哥娶他姐姐。

甲：哎呀我去。

老师：你哥娶他姐姐，你哥知道从高一上学期到下学期他姐姐一共结了二十几次婚吗？甲，我是告诉你要写一些有意义的事情，你不写丧礼了就开始写婚礼，你以后要当司仪是吗？你们两个作文都给我重写！下面开始上自习。

【老师说完下台】

甲：还全抄……真是猪一样的队友……

丙：唉你！唉……早知道我就花3块钱买一份了……

甲：叫你抠……咳咳……那个……那个……下次也给我介绍一下……

丙：我……花了5块钱……

乙：你们俩就别在闹了，还是好好跟人家郭晖学学吧。

甲：哎！对了郭晖，你每次作文都考那么高的分数，都是怎么做的啊？

郭晖：我的经验啊，就是……多做事，少说话，你们两个还是赶紧写吧，要不下学期也写不完，你们可就回不了家了。

甲：好吧，赶紧写作文喽。

【配乐5：下课铃声】

甲：下课了！下课了！丙，待会去哪啊？

丙：今天我就不跟你去游戏厅了，我得先去农贸市场，买只猫。

甲：呵！你这可真是此仇不报非君子啊。

丙：算了，我先走了。

甲：真是的，丢下我一个人真无聊。

乙：郭晖，你那么喜欢看书，以后打算干什么啊？

郭晖：我以后打算啊上大学，读研究生，考博士，要是有机会的话，我要上北大。

乙：唉郭晖，你的腿怎么了？

郭晖：这不是昨天上体育课跳远崴的吗，现在还疼着呢。

乙：那我要不要送你去医务室看看啊？

郭晖：不用了，我妈说今天来接我去医院看看。

乙：那好吧！阿姨你好。

郭母：同学你好，谢谢你扶郭晖出来。

乙：没事的，应该的。

郭母：小晖，咱们去医院吧。

郭晖：嗯。

第三幕

【场景亮，在家里面，郭晖一个人想要走路。后台郭父郭母对话】

郭母：你说小晖这病怎么还没好啊？

郭父：是啊。

【郭晖摔倒】

郭父：什么声音？

郭母：好像……好像是小晖，小晖！小晖！

【郭晖连忙起身回自己的椅子上】

郭母：孩子他爸，你快去看看。

【郭父进场】

郭父：小晖，怎么样，小晖，你的腿感觉怎么样了？

郭晖：嗯，好的……好得差不多了，已经不怎么痛了。

郭父：真的吗，小晖，还疼吗？

郭晖：不……不疼了。

郭父：真的吗？来，小晖站起来让爸爸看看你走走。

郭晖：现在吗？

郭父：嗯，就走两步吧。

郭晖：嗯，好吧。

【郭晖慢慢站起来，很慢很慢地走，走两步，突然一拐，郭父赶紧上前扶住。然后将小晖慢慢地扶回椅子】

郭父：怎么回事？已经两周了，应该早就好了才对啊，孩子他妈！

【郭母上场】

郭母：怎么了？

郭父：医生到底给小晖开的什么药啊？这都两周了，小晖的腿怎么还没有好啊！

郭母：好像是什么强的松。

郭父：什么，开的什么？你再说一次。

郭母：怎么了，不就是强的松吗？

郭父：庸医，庸医啊，真是庸医啊！强的松，强的松，那可是激素啊，怎么能给这么小的孩子注射那种东西呢？真是太混账了！庸医啊，不行，我要带小晖去其他医院看一看！

郭母：现在就要去吗？

郭父：对，现在就要去！我闺女的腿，可不能毁在那个混蛋的手上。

【定格，拉幕，配乐 6，下一幕跳出回忆】

第四幕

【动作与第一幕尾完全相同】

郭晖：然后，我就来这里了。

六号：郭晖啊，那你可是太不小心了啊！不过你来这啊，一定能够医治好你的腿。

八号：那可不一定，听说最近啊医院里面来了一群实习生，要是让他们治还不知道什么时候出院呢！

六号：嘿！你个死胖子，你就不能说点好话吗？

八号：小四眼！

六号：死！胖！子！

八号：唉你！（捋袖子）

六号：怎么的，不服啊？老规矩！（摸牌）抽五张比大小，谁输谁叫对方一声好哥哥！

八号：哼，比就比！

【抽牌，配乐 8 :《赌神》】

八号：嘿嘿嘿……我这同花顺！

六号：我这可是豹子！豹子！豹……子……（看见护士进来傻眼，赶紧把牌藏嘴里）咳咳……

护士：六号、八号，干什么呢？好吃吗？要不要给你来瓣蒜？小晖啊，最近感觉怎么样？

郭晖：姐姐，好像最近越来越疼了。

护士：我一会儿就跟主治医生说，有什么其他情况也记得及时告诉我和医生。

郭晖：嗯，好的姐姐。

护士：我先去其他病房了。六号、八号，你们啊都给我老实点！

【六号咳嗽捂胸，护士停住脚步】

护士：以后啊，多吃药！少吃牌！

【六号继续咳】

八号：呵，豹子好吃吗？

【六号魔术吐牌】

【场暗，郭父上场蹲在郭晖旁，医生上】

医生：六号，最近怎么样啊？

六号：最近挺好的！

医生：你呢？胃还疼吗？

八号：这两天感觉挺好的。

郭父：医生，我女儿呢？

医生：你和我出来一下。先生，您考虑好了吗？

【到一边，配乐 9，医生审判，郭父三次情感变化】

郭父：医生！就真的没有其他办法了吗？

医生：先生，这是我们一致讨论出来的结果，手术是最佳的治疗方案啊！

郭父：唉都怪我！都怪我！要是我早点发现就好了！要是我早点发现，我女儿也不会是现在这个样子。

医生：您的心情我们能理解。可是，自责不是解决问题的办法啊，还是要早点做决定！

郭父：可是，我好好的一个孩子，怎么，怎么就这样子了。哎……

医生：您还是早点做决定吧，我好给您安排手术。

郭父：这……医生，我，我能再好好想想吗？

医生：快点做决定吧！跟你女儿同病房的八号病人就是因为耽误了，所以现在还在住院。

郭父；好吧，我再去问问小晖。

医生：好，我在这等你。

【郭父回到病房，看到郭晖在看书，六号和八号在一旁闲着】

郭父：小晖，今天感觉怎么样？

郭晖：刚刚打完点滴，感觉腿疼轻了一点。爸爸，医生怎么说？

郭父：医生说小晖的病再观察几天，到时候给小晖一个最合理的治疗方案。

郭晖：那爸爸我什么时候能出院回家啊，我已经差不多耽误有一个月了，再这么下去到时候学习该跟不上了。

郭父：没关系的，过两天爸爸给你复习怎么样？爸爸可是大学毕业啊！等你出院了，肯定比你们班上的其他学生学习还要好。

郭晖：嗯。

郭父：小晖啊，我去医生那拿一下今天的化验报告，小晖在这好好待着啊。

郭晖：好的爸爸。

【郭父跑到医生那】

郭父：医生。

医生：做决定了吗？

郭父：我女儿说她腿疼轻一点了，是不是不用做手术了啊？

医生：先生啊，这是表面现象。而实际上经过我们的持续观察，发现您女儿腿疼的时间越来越长了，药物控制力越来越弱了。腿疼轻了一点，那是因为刚打完点滴。

郭父：可是……可是……我女儿说他那腿疼是轻了一点……这……

医生：还是得做手术。

郭父：可是？真的没有其他办法了吗？我女儿她，她才高一啊！

【医生摇头叹气】

郭父：（沉默一会，一声叹息）好吧，那就做吧。

医生：好，既然这样您就在这签个字。

【郭父签字】

医生：那我就给郭晖准备手术了。

郭父：好吧。

【配乐 9 结束】

第五幕

八号：郭晖做完手术已经发烧三天了，烧要是再不退就真的要烧坏了。

六号：别说了，郭晖一定会好起来的。郭先生，你再去问问医生怎么样，我跟八号帮你看着先。

郭父：这……好吧！

【郭父下场去找医生】

六号：八号，你说小晖能挺过去吗？

八号：一定可以的！

六号：可是……哎，多么可怜的孩子啊！

郭父：医生，你快看看我女儿！

医生：这……我再开一瓶退烧的点滴，输完后如果没有退烧再来找我。

郭父：可是，我女儿已经烧了两天了！

医生：这是术后的正常现象，会有一部分病人因为手术而引发炎症发烧，等烧退了就好了。

郭父：这，好吧。

【郭父去病房，医生留场】

医生：唉，就怕这姑娘的腿……我居然，我居然为了一个职称……唉！希望会有奇迹发生吧！

【医生下场】

郭父：小晖啊，你可是要坚持住啊！

八号：等等，小晖的眼睛好像动了一下。

六号：真的吗？谢天谢地！叫叫小晖，看看她能不能醒过来。

郭父：小晖！小晖！

郭晖：嗯。

六号：可算醒了，这两天担心的我可睡不着觉啊。

小晖：爸，我头好晕，我的腿怎么了？

郭父：你做完手术，伤口还没长好，所以疼。

六号：对！待两天就好了。

郭晖：不是……爸，我的腿，都没有感觉！

六号：已经两天了，麻药的作用应该退了啊。

八号：没事，没事郭晖！可能是你刚睡醒，待会就好了。郭先生，你先去找找医生，给郭晖看看。

郭父：好的。

【郭父去后台找医生】

郭父：医生！医生！

【3 秒后】

医生：什么？快快！

【医生带着两个小医生出场】

医生：这样疼吗？

郭晖：不疼。

医生：那这样呢，疼吗？

郭晖：没有，没有感觉。

医生：那这样子呢。

郭晖：医生，还是不疼。

【医生站起，郭晖拉住医生的手】

郭晖：医生！

【全场定格，配乐 10，郭晖误诊过程】

——郭母：小晖你腿怎么了？

郭晖：噢，体育课跳远脚崴了。

——郭母：小晖，咱们现在去医院吧。

郭晖：嗯。

——医生 1：这个啊是滑膜炎，打两针封闭吧。

郭母：这……这怎么还没好啊，咱们换另外一家中医院吧。

——医生 2：这个是风湿性关节炎，就用强的松吧，疗效快。

郭父：什么？强的松那可是激素！不行，我女儿的腿可不能毁在那个混蛋手上！

——郭父：小晖的病再观察几天，到时候给小晖一个最合理的治疗方案。爸爸可是大

学毕业啊！等你出院了，肯定比你们班上的其他学生学习还要好。

——医生：这样疼么？这样呢？那这样呢？唉……

郭晖：我的……我的腿……难道……难道！

【马上接配乐 11：郭父爆发】

郭晖：医生！我是不是以后再也不能走路了？医生！

郭父：医生！医生！我女儿怎么样了，我女儿以后还可以走路吗？

【医生叹息一声，摇摇头走开】

郭父：医生。（他走向另一个医生）

【另一个医生也摇摇头走开】

郭父：医生，医生！救救我女儿吧！救救我女儿吧！

【所有医生下台，只剩下郭晖和郭父，郭父捶地】

郭晖：爸爸！爸爸！（向郭父伸手，扑倒在地）

【郭父过去蹲到郭晖面前，然后低着头】

郭晖哭着问：爸爸，爸爸！我……我以后再也不能走路了吗？

郭父：小晖！小晖！（然后低头呜咽）

郭晖：爸爸！爸爸！我想走路，我想走路啊！我不想以后是这个样子，我跑步、跳远都要考第一啊！

郭父：小晖，咱能走路，爸爸会治好你的！

郭晖：爸，爸，你不能骗我。

郭父：爸爸会治好你的，一切都会好起来的。

【郭父抱着郭晖，最后只剩下哭泣声，然后声音慢慢小下去，灯光暗下去】

郭母：来小晖吃点东西，这好几天你只喝了几口粥，这样你的身子什么时候才能好啊？

【郭晖不说话，只是沉默地看着前面】

郭母：来小晖，再喝一口！

【郭晖喝下】

郭母：来，再喝一口！

【郭晖喝下】

郭母：来，吃点菜吧，不要光喝粥。

【郭晖喂到口中却是不吃】

郭母：好吧，小晖不吃。小晖，还吃粥吗？

郭晖：摇摇头。

郭母：小晖，我知道你心底里苦，要是觉得难受，就哭出来吧！

郭晖：妈，我没事，就是……

郭母：没事，小晖，妈妈哪怕倾家荡产也要治好你。一定会好起来的小晖。

郭晖：妈……

【这时候妈妈抱着郭晖抽泣，甲乙丙来看郭晖了，郭母马上把眼泪抹掉】

郭母：小晖，你看，你的同学们来看你了。

甲：郭晖，我们来看你了。

乙：对啊，郭晖。

丙：对对，你好久都没有去学校了，大家都挺想你的。

【沉默，尴尬】

甲乙丙：这……

郭母：这……小晖的身体不是很舒服，可能今天累了，同学们改天有空再来吧。

甲：对，对，对，我们改天再来。

乙：嗯。

丙；可是……

甲：可是什么？走了你！

【甲拉着丙走了，郭母走到郭晖身旁坐下】

【甲乙丙三人就走到了舞台的右侧，左侧灯光暗，右侧亮】

乙：郭晖她是怎么了，我记得她的脾气原来不是这个样子的啊。

甲：哎，郭晖她，一定是不想让我们看到她这个样子。

丙：郭晖她一定很绝望。

甲：不行，我们一定得让郭晖振作起来。

丙：可是该怎么做啊？

乙：我记得有一个人叫张海迪，她跟郭晖的情况特别像，但是后来经过自己的努力获得了特别大的成就。

甲：对，我现在就去给郭晖找找，给她送过去，她看了一定会有所感触的。走，我们现在就去。

【学生下场，转病房，全场亮】

郭母：小晖啊，妈妈先出去一下啊。

【郭母下场，六号、八号不时瞄向郭晖，担心】

六号：嘿！八号，过来，过来。

八号：干吗？

六号：你看小晖这……我们要不……

八号：我看行。

【八号回自己位子】

八号：六号，我看你这小日子过得挺滋润的啊。

六号：那还行吧！你看这大钱包。

八号：你看这大钱包有啥用？

六号：没办法啊！这钱多，烧得慌。

八号：怎么烧啊？

六号：烧得慌啊烧得慌……（魔术烧钱）

【六号打开钱包，八号不屑】

八号：你这钱包才两百块钱！你这钱还不够你打一天吊瓶的钱。

六号：你懂什么？每次医院要交费的时候我会把这 100 块钱对折再对折，变成银行卡，刷卡多方便啊。

八号：那你另 100 呢？

六号：你懂什么！这么厚的钱包，贼不得惦记着啊！我如果遇到贼了，我把这张 100 元对折再对折，就变成很长的一张牌。

八号：切，那又不能用。

【八号、六号观察郭晖，郭晖低头无反应，八号、六号无奈。】

六号：好无聊啊。

【两人一起靠在椅子上】

八号：不行，太无聊了，我要出去。

六号：可不行，你忘了护士不准让咱出去了？

八号：你就那么怕护士呢？

六号：嗯。

八号：（思考状）对了，我看护士挺喜欢郭晖的，要不咱求求郭晖帮咱跟护士求求情。

六号：可是小晖都这么一声不吭的待了好几天了。她能帮咱去跟护士求情吗？

八号：没事，咱好好求求她，她肯定会答应的！

六号：行。

【转身去求小晖】

六号：小晖啊，我们想出去走走，可是护士让我们老实点，你和护士关系不错，你能不能帮我们和她求求情？

八号：帮帮我们吧，帮帮我们吧！

六号：帮帮我们吧！

郭晖：你们两个能安静一会儿吗？

六号：哎，小晖说话了。

八号：不过小晖你说的啥，我没有太听清楚。

六号、八号：帮帮我们吧，帮帮我们吧！（扯郭晖袖子，推郭晖肩膀）

【配乐 12，郭晖爆发】

郭晖：你们，你们够了！你们一天到晚到底在笑什么啊！我现在是个废人了，我的腿再也不能走路了，你们觉得，我这样很好笑吗？

六号：小晖我们……

八号：我们……

【甲上场】

甲：郭晖。

郭晖：还有，还有你们，来这里干什么？看一个残疾人，看一个再也不能站起来的人的笑话？

你们够了！你们能不能安静一下！我……我真的只想一个人在这里安静地待着。（开始抽泣）

甲：不是这个样子的，我们大家都是想要鼓励你，想让你坚强起来的，你可以的郭晖，你一定可以的。这个是张海迪，你看看她的故事。

郭晖：（将张海迪的书扔掉）我，这个样子，怎么可以，怎么可以给我看啊！我连死都不行，我连杀死自己都不能啊。（开始捂着脸哭泣）

六号：（将书捡起来，表情变严肃）小晖，我想你可能是误会我跟八号了，好像也是误会你的同学了。小晖，无论在什么样的情况，只要能活下去，就不要轻易谈论生死。

郭晖：误会？你们知道我这个样子有多难受吗？你们知道吗？（撕心裂肺）

八号：或许我跟六号并没有真正感受过你心底的那份难受。可是，你心底的那份难受，我跟八号是能够理解的啊。小晖，你还有以后！或许你以后不能走路了，可是你人生的路还有很长啊。而我跟六号，一个肺癌晚期，一个胃癌晚期。可能明天，可能今天，可能下一秒，就要离开这个世界了……

六号：小晖啊，这个世界很大，很精彩！虽然你的腿不能动了，但是你的心脏还能跳动，你的思想还能蔓延，那你就不能止步于此，未来……替我和八号多看看这个世界。

郭晖：不，我不行，我不行！

甲：郭晖，你就这样趴着，趴一辈子，这样我就会内疚一辈子。你不是这样的人，郭晖，虽然命运亏待了你，你无法选择，但是你可以选择的是，坦然无畏地面对它。郭晖，坦然无畏！

【郭晖匍匐着去拿书，抽泣，拉幕布】

第六幕

【甲乙丙在台上，甲丙在远处指指点点乙，然后相识一笑】

甲：哎，我有一个主意，你跟我来啊！（甲跟丙走到乙的身前）哎，乙啊，我问你一个问题。

甲：这可是一个高难度的问题，我觉得就得你这种智商的人才能回答出来。

乙：看在你这么识相的份上，我就勉强解答一下吧，说什么问题。

甲：你说啊，古代的女人啊为什么要裹脚啊？

乙：这……这个好像是古代的一种风俗习惯啊。具体到底是为了啥，我也不知道。

丙：哎！我知道，我知道！因为啊，是为了怕她们出门逛街啊，花钱败家。所以就把她们的脚给裹起来了。

甲：那现在为什么不裹了啊？

乙：这……

丙：因为现在有淘宝了，不用出门在家里就能把钱花了，把家败了。

乙：哎……我说你们俩哎，说谁败家呢，说谁败家呢？这是不是考试成绩没下来，你俩的皮又痒痒了呢？甲，你姐姐这次又结婚了吧。还有丙，等你卷子出来了，你就等着吃你们家猫剩下的吧？

丙：吃猫剩下的怎么了？要不是它们，我还没那么多零食呢，再说了，我觉得卷子出得不合理，凭什么所有的题目和分数都得老师自己定，既然是我做卷子，那我自然也有权利来决定我自己的考分。卷子上的分数，那是老师的主观看法。我是丙，我为自己代言，我的考试我做主。

乙：你还为自己代言？你就不怕自己吃瘪了，你的考试，你做主。

丙：我做主怎么了？也比你强！你啊不光像甲说的那样身高低、颜值低、智商低，你还心胸狭隘。

甲：我去！不怕神一样的对手，就怕猪一样的队友啊。

乙：甲，看来这真是你说的了？

甲：不是，你听我解释。

乙：我不听我不听我不听！

甲：你怎么这么蛮不讲理了？要是郭晖在，她肯定……可是郭晖她……哎！

丙：听说郭晖出院了。

乙：既然出院了，怎么还不来上课呢？我可是天天都把郭晖的桌子擦一遍等着她回来呢！甲，你不是去看过她吗？

甲：嗯，我是把张海迪的自传给送过去了，后来我也去看过她几次，不过她……

【这时候老师推着郭晖上场】

郭晖：是谁在背后说我的坏话呢？

甲：这，是郭晖！

【同学们一拥而上】

乙：郭晖，你可算来了，我们都特别想你啊！

丙：对，我们刚才还说你来着。不过，郭晖你的腿……

【甲一把把丙拉开】

甲：别理那个弱智。你这次回来是要跟我们一起上课吗？你的课桌我们每天都给你清理得很干净呢！

郭晖：对，不过我好像落了好多课。

丙：我教你我教你！

乙：就你教人家？教人家啥？教人家抄作业还差不多。

丙：你！老师在呢。

老师：丙，你以为老师我会不知道吗？

甲：丙啊，你还是好好努力吧！郭晖啊，还得靠我们几个！（拉乙）

乙：谁跟你是我们啊？你跟丙也一样。

郭晖：好了好了几位大学霸，既然我来了，大家都一起努力。

甲：对，大家一起努力。

【配乐13：《向往》。音乐响起，慢慢降下来听清楚人声，在结束时候开始变大】

【甲乙丙高兴地聚在一起，这时候老师缓缓地推着郭晖向前】

郭晖：同学们，我回来了。让大家担心这么久真是对不起了。当我看了张海迪的事迹之后，当我真心的问过我自己之后，我觉得，我也可以！人生连命都没有拼过，我们有什么资格说去死呢？只要我们还活着，我们就会有无限的可能，或许我现在不能走路了，那么我不能走过去的地方，我就用我的努力用我的梦想飞过去。只要足够努力，足够坚持，世间所有的困难都会为我让开一条道路。

乙：生命是一棵充满可能的树。

甲：汪国真说过，既然选择了远方，便只顾风雨兼程。

甲乙丙一起说：郭晖，欢迎你回来！

老师：同学们，还有不久你们就要高考了，大家加油吧！

乙：对了郭晖，你以后打算考哪里啊？

郭晖：这个，我也不太清楚。

老师：郭晖啊，老师觉得你可以向外语方面发展，随着咱们国家对外交流变得越来越频繁，以后这个方向一定很热门。

郭晖：嗯，好的老师，我努力向这方面去努力。

【拉幕后，配乐 14】

第七幕

【配乐 15】

【励志默剧】

郭晖坐在桌子前面，郭母看着郭晖做题，轻轻地摸一摸她的头。郭父上场，给郭晖端过来一杯水。郭晖接过水喝完，然后把杯子放在旁边，指着书上的题抬头问自己的父亲怎么做，郭父低头看了看，然后给郭晖指了指，郭晖慢慢地点了点头。郭父再想帮忙时郭晖摇头拒绝。郭父于是拿着杯子下场。郭晖继续看，郭母抬手看了看自己的手表，告诉郭晖该睡觉了，伸手去拿郭晖的书，郭晖不愿意，趴在桌子上耍赖。郭母叹一声气，然后转身去找郭父，示意郭晖该休息了。郭父看了看郭晖，然后示意郭母不要着急。郭母很生气，但是只好无奈地摇摇头，和郭父下场。郭晖一个人在台子上面，继续看书，看累了，伸了个胳膊，然后揉了揉太阳穴，继续看书。郭晖慢慢地低头，开始打瞌睡，先是起来摇摇头继续看，接着打瞌睡，就这样慢慢地睡着了。郭母郭父慢慢地走上台来，郭父轻轻地把衣服给郭晖披上，然后跟郭母小声说话。

【音乐慢慢地停】

郭母：孩子他爸，孩子他爸。

【郭父抬手做嘘声动作，然后拉着郭母走到一侧，开始说话】

郭父：怎么了孩子妈？

郭母：小晖她这样太拼命了，这样下去身子怎么熬得住？

郭父：哎……是啊，明天我出去买点东西给小晖补补。

郭母：不是这个，是小晖不能老是憋在家里面，有空得出去走走才行啊。

郭父：也是，这个我想办法。

【郭父郭母看着郭晖，然后慢慢地下场】

【配乐 16：闹铃声】

音乐接着起，突然一个闹铃声，郭晖起身来，郭母进来给郭晖用毛巾擦了脸，郭晖继续看书。

郭母：小晖啊，我去邮局有点事儿，你一个人在家好好待着啊。

【郭母下场】

郭晖继续一个人看书，不小心笔掉地上了。郭晖伸手去捡，但是怎么也捡不到，差点摔下轮椅，哭了起来。郭父回来了，看见后连忙帮郭晖捡起笔，然后郭晖抱着郭父哭，郭父伸手去拍拍郭晖的头。

郭父：哎呀小晖，你这怎么了？

郭晖：没事的爸，没事的。（强忍着哭腔）

郭父：小晖别哭了，别哭了，来爸爸给你唱歌吧！

【郭父跑着调唱了两句】

郭晖：爸，你唱跑调了。

郭父：啊，是吗？

【配乐 18，低沉后再次温暖】

郭父伸手给郭晖示意一起出去，郭晖摇摇头，郭父拍了拍郭晖的头，强行推着她往外走。两个人在外面走，慢慢地走了一圈，回到了家里，郭晖继续看书。郭父坐在郭晖身旁，郭母回来了，手里有一个档案袋。

郭母：小晖，你猜我去哪了？

郭晖：去哪了？

郭母：小晖，你的考试结果下来了。

郭晖：真的吗？妈妈，妈妈我到底有没有考上？

郭母：我这光顾着急着回来，都忘了看了。

郭父：你也真是的，还不赶紧看看。

【郭母打开后看了看，然后低头开始呜咽】

郭父：你倒是说话啊，哭什么？

郭母：考上了，小晖考上了！

郭晖：真的吗？

郭母：嗯，真的！

【然后将录取通知递给郭晖，郭晖看了看，看着父母说】

郭晖：我考上了，我考上了！

【配乐 19】

旁白：1996 年 7 月，郭晖参加河北工程大学研究生班。

2002 年 12 月郭晖成功考上北大，成为北大的博士生。2008 年，从北大毕业，回到了河北工程大学从事英语教学，成为一名优秀的年轻教师。

2015 年，从哈佛求学归来的郭晖在学校图书馆开设“学在哈佛”主题沙龙活动。

第八幕

【一个同学推着郭晖上场】

同学：郭老师，这就是您原来上学的地方啊。

郭晖：对啊，我当初就是在这里求学的。看到那边的悬铃木没有，等到秋天的时候整个树的叶子都会变成金黄色，漂亮极了！

同学：真的吗？可惜现在叶子已经落完了，要是我能早点来就好了。

郭晖：没关系的，学校里还有好多漂亮的地方呢！图书馆前面还有一个喷泉，不知道里边的金鱼怎么样了，我还喂过它们呢！还有那里，那些雪松一年四季都是青的。最漂亮的是等到下雪后，在上面铺满白色的雪花，像是一个美丽的公主，就像童话故事里一样。那时候我行动不方便，同学们推着我的轮椅在雪地上走，压过雪花发出咯吱的声音。还有，我们一群人围在教室的暖气旁一起讨论诗歌，我记得我那时候最喜欢背的就是雪莱的《西风颂》。

【吟诗】

郭父、郭母：哦，请听从这一篇预言似的诗歌，就把我的心声，像是灰烬和火星。

甲乙丙、老师：从还未熄灭的炉火向人间播散！让预言的喇叭通过我的嘴巴，

医生护士：把昏睡的大地唤醒吧！哦，西风啊！如果冬天来了，春天还会远吗？

郭晖：（慢慢呢喃）冬天来了，春天还会远吗？我真的成功了呢！

【配乐 20：主题曲《向往》】

【闭幕】

地质人·绿水青山

作者　刘　晶　刘　昊
导演　李　翔　李　漠

作品立足河北工程大学实际，以地质专业特色、地质人的工作实际情况为背景，描绘出地质工作者由最初专注于发现、勘查、开采资源，到最终向与时俱进拥有“大地质观”的新时代地质人转变的历史画卷。作品分为四个部分，第一部分为初出象牙塔，第二部分为忘记初心矛盾激化，第三部分为师生追问与反思，最后一部分为新时代地质人的责任与担当。此剧故事脉络清晰，人物形象突出，踌躇满志的师兄在工作中变得短视又激进，初出茅庐的师妹对其从崇拜到怀疑再到失望，饱经风霜的老师对后辈谆谆教导并带着他们一起反思，三个人跨越时间与空间对话，极具代表性地展现了现代地质人面临的问题和应具有的操守，展现出地质行业的艰辛与伟大，表现出地质人献身地质事业、艰苦奋斗、与时俱进的精神，更体现了新时代地质人绿水青山的历史担当。本作品创设性地将朗诵与舞台剧相融合，采用朗诵剧的形式将艺术教育与专业教育相交融，真切体现了文化育人的教育理念。该作品荣获全国第五届大学生艺术展演一等奖。

男:

拿着毕业证书

我知道

我即将走出校园

走进大山

风餐露宿

不知冷暖

我即将成为一名真正的地质人

女:

看着师兄们离去的背影

我知道

我也会成为一名地质工作者

【配乐 1 起】

书中描绘的长河日圆，大漠孤烟

让我无限神往，魂绕梦牵

老师:

孩子！

时光荏苒

你们也即将跨出校门

但地质工作，你们要学的，还有很多！

男:

看着眼前如天堑般的陡壁

望着天边夹杂着彩霞的乌云

我仿佛听到了光与电的对话

看到了天和地的碰撞

老师，您看！

这里有一座矿山

丰富的煤矿和稀有金属让她变得如此神秘

这简直就是地球母亲赠予我们的礼物啊

我想，是时候

开矿！

女:

师兄

我志愿成为和你一样优秀的地质人

师兄

老师说过

矿产不能这样开采，我们是不是

师兄

南山的煤矿已经枯竭了

师兄

你看见了吗

这残缺的山脉

乌黑的河水

一层盖一层浓浓的雾霾

师兄

你看见了吗！

男生:

够了

社会进步怎能没有牺牲

这里矿产丰富如何不能开采

我又何错之有！

老师:

你错了！

地质人更要责任与担当

你知道吗！

女:

我知道

老师:

你们知道吗！

男:

我……知道吗

【配乐 2 起】

老师:

江河湖海，泥泞绝壁

风餐露宿，栉风沐雨

十八年地质工作，我才明白

大地养了我

我却害了她

我们要金山银山

但，更要绿水青山呐！

【习近平总书记原声：绿水青山就是金山银山】

老师:

矸石回填

男:

矿区复垦

女:

生态重建

老师:

绿色矿山

男:

清洁能源

女:

绿水青山

男:

绿水青山

老师:

绿水青山

【配乐 3 起】

老师:

我们要让污浊的水重变甘甜

让伤痕累累的大地

三人:

再次丰满

老师:

我生在这大地!

男女:

生在这大地!

老师:

长在这大地!

男女:

长在这大地!

老师:

探寻这大地!

更，爱这大地!

女:

爱这大地!

男:

爱这大地!

合:

爱这大地!

小　芳

作者　科信学院集体创作
导演　龚晓会　杨　静

作品以河北工程大学科信学院2009级英语专业学生刘芳自强不息的感人事迹为主线，通过“磨难，激励前行”“梦想，照亮远方”“实践，完善自我”“集体，坚实后盾”四部分展现了小芳用自己顽强乐观的自强精神执着学业、积极生活，并激励、感染了身边的同学。作品展现了小芳坚强乐观的生活态度，刻苦学习、拼搏进取的高尚品质和老师、同学们的无私奉献精神，体现了当代大学生努力拼搏、积极进取的良好精神风貌。通过挖掘生活中出现的感人事迹，鼓励广大学生提高个人思想修养，坚定理想信念，牢固树立正确的世界观、人生观和价值观。

第一幕

【地点：拟化舞台】

【人物：舞蹈演员一名】

【配乐：舞蹈音乐】

【第一段舞蹈开始，伴有下面旁白和音乐，舞蹈形式由欢快到突然摔倒】

旁白：我，有一个梦想，我渴望有一天能够穿上美丽的舞鞋，在镁光灯下跳一支舞，哪怕没有观众。我带着这个梦想离开了故乡，来到了我的大学。

正当我满怀希望，要与人生中最美的自己相遇时，一场突如其来的车祸把我的梦想撞得粉碎。

【舞蹈演员倒下】

第二幕

【地点：病房】

【人物：小芳、妈妈、医生、护士】

【小芳静静地坐在床上，目光呆滞。妈妈背对着小芳，捂着嘴发出丝丝抽泣声】

护士：请小芳家属到医生办公室。

妈妈：芳芳，妈妈去趟医生那儿，你在这好好待着。

医生：您是小芳的母亲吧？

妈妈：嗯，我是。我女儿的情况怎么样了？

医生：您的女儿目前基本情况已经稳定了。

妈妈：太好了（停 2 秒）那她会有后遗症吗？

医生：这个……我实话跟您说吧，您女儿虽然手术进行得很成功，（沉重）但是她的腿部受伤情况比较严重，手术后像正常人一样行走几乎是不可能了……

妈妈：（情绪激动，站起来）医生，她是不是以后再也站不起来了？不能这样！她还小，还有很长的路要走！

医生：您先别激动，听我把话说完。

妈妈：（摇头）不……

医生：您女儿虽然情况不是很乐观，但是如果她每天坚持物理治疗和恢复训练，还是有可能重新站起来的，不过这个过程她要承受很大的痛苦，所以啊……

妈妈：那她能受得了吗？

医生：那要看小姑娘自己了。不过您放心，我们会尽最大努力帮她减轻痛苦的。

妈妈：（鞠躬感谢，思考着走出办公室）谢谢医生。

【医生下场，音乐响起，母亲抽泣】

妈妈：都是我的错！都是我不好！是我没有照顾好她！

【瘫在地上哭，声音越来越大，音乐也越来越大，然后音乐慢慢停】

【缓和心态，走向小芳】

妈妈：芳芳！

小芳：妈妈，我的腿现在没知觉了，手术是不是失败了？

妈妈：芳芳，妈妈刚才去找医生了。医生说，手术非常成功，只要好好听医生的话，就一定能站起来的。

小芳：妈妈……我害怕，（哭泣）我担心自己永远都站不起来了！

妈妈：孩子，别害怕，妈妈永远都会陪在你身边，等着你站起来的那一天。（抱孩子）

【音乐】

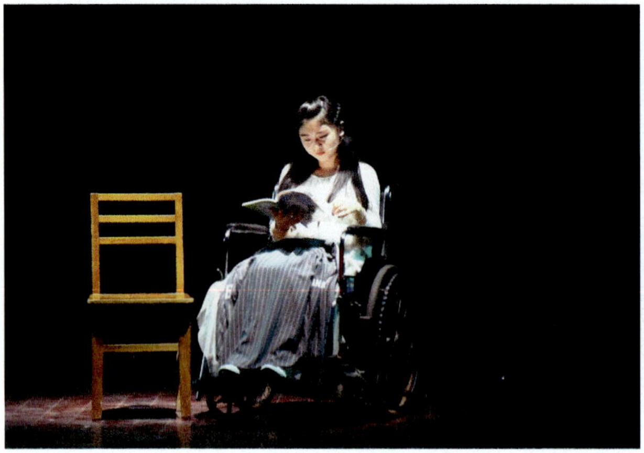

小芳：妈妈，我知道您一定会永远陪着我，我也会永远陪着您的。

小时候我每次看到您做家务时，我总想过来帮您一块分担，但您每次都把我推到一边说："妈妈不累，妈妈一个人就行。"（煽情）

妈妈：孩子别说了。你一定能站起来的！妈妈相信你，你一定能！（不再哭）

小芳：小时候总和你们无理取闹，长大又嫌你们唠叨。可到现在我知道了，我以后不会嫌你们烦了。妈妈，我一定会配合医生好好治疗，早点儿好起来。

【两个人抱在一起，女儿给妈妈擦眼泪，音乐停，闹钟铃声响起，演员下场】

第三幕

【地点：学校办公室】

【人物：老师、同学、领导】

【场景：一张桌子、两把椅子】

【报时：嘀——现在是北京时间七点整】

老师：（边抱着一堆东西边打电话）好的，好的，我刚到学校。收拾一下东西马上过去。（坐在桌子前，整理东西）

【学生上场，敲门】

老师：请进！

小蕊：老师，您找我啊？

老师：嗯，对啊！先坐吧，我想问问你，小芳回来两天了，你们上课抬着轮椅可以吗？

小蕊：老师，我们现在每节课基本上都在主校区四、五楼上课，确实有点儿抬不动。

老师：嗯，是啊！我们专业才几个男生，上楼确实不方便，我一会儿看看跟教务处张老师协调一下这个事情吧！小蕊，你先去帮我打印两份资料，待会儿给我送来。

小蕊：好的老师，那我去了。

【老师待在那想了一会儿……】

【按电话号码的声音，然后铃声】

教务处张老师:（只说话不用上场）喂，您好!

老师：张老师，您好！我是科信学院的一名辅导员老师，有件事情想跟您沟通一下。

教务处张老师：您好，有什么能帮您的呢?

老师:我们这儿有个女生因为身体原因需要坐轮椅上课。我们专业男生少，抬轮椅上下楼梯实在是不方便，可不可以帮忙把学生的课调整到一楼的教室。

教务处张老师：这个可调不了。你们不明白课程安排的复杂性，现在一楼的每个教室涉及每个学院的各个课程，不是说调就能调的。

老师：张老师我明白，但我们这个情况实在特殊。您看，能不能……

教务处张老师：这个事，我跟领导沟通一下，你等我消息吧!

老师：好的，那先谢谢您。

【挂完电话，坐在椅子上想了一会儿】

老师：何书记，您好！有件事情想跟您汇报一下，小芳的情况您知道。是的！好的！谢谢您!

书记：张主任，你好！我是科信学院何老师，有个情况需要跟你们沟通一下。是的！对！是这种情况。嗯，谢谢，再见。

【此时班里有位同学来办公室拿资料】

老师：同学，一会儿小蕊回来跟她说一声召集班干部到办公室开个会。

书记：王老师，你好！一会儿到会议室我们再商量一下小芳的事情。

小蕊：老师！（把资料递给老师）

老师：好的，谢谢!

小蕊：老师刚和教务处张老师协商的有结果吗?

老师：我刚才给咱们学院领导说明情况了，领导说再去协商一下。

【小蕊在一边听着，点着头】

【时间没过多久电话铃声响起】

【教务处电话铃响】

老师：张老师，您好！

教务处张老师：您好，我们领导开会研究过了。我统计了一下一楼的教室，涉及的学院挺多，你们领导刚才也专门打电话跟我们沟通了这个事情。大家都很重视，我们也都为孩子们的精神感动。这样，我联系各个老师吧，给你们解决教室的问题！

老师：谢谢，太感谢了！

【小蕊在一边特别感动地双手紧握】

小蕊：老师那边同意了吗？（激动）

老师：（长舒一口气）同意了！

小蕊：那太好了，老师，我先回去了！（边说边跑下台）

【老师没来得及回复，老师坐在那继续工作，此时又来一个电话，老师接起电话……】

【音乐响起，一对情侣打电话场景】

【男生在舞台一角，电话响起，铃声搞笑】

男：（男生跟着手机铃声扭动身子，然后接电话）喂，亲爱的！

女：你怎么才接我电话？

男：这，不重要！重要的是……我刚想给你打电话！（随意扭动，动作浮夸）

女：对了！

男：（突然）你别说话！你还记得今天是什么日子吗？

女：当然记得呀！

男：（高兴）哈哈哈哈，我也记得！我今天要给你一个 suprise，一会儿我去等你。知道在什么地方吗？哦对！你别说话，老地方。

女：真的吗？那我先回宿舍准备一下（此时男生加一个很狂妄的动作）。

（想了想）嗯……我今天可能不能和你一起出去了。

男：为什么？你明明知道今天是什么日子，你明明知道我今天多帅，你明明知道我要给你一个大 surprise, 你竟然还安排了别的事情。

女：你别生气，今天我要陪小芳。

男：陪小芳？陪小芳谁不能陪？换成别人不行吗？陪小芳，哼！（适当结巴）

女：今天本来就是该我照顾小芳了，而且明天小芳要参加一个比赛，前期资料都是我帮她一起准备的，所以我今天真的不能出去。

男：琪琪，你没想到我也会生气？

【电话嘀嘀声……男生扔下礼物下台，觉得不解气，回来踢了一脚礼物再下台】

【女生无奈地拿着饭回到宿舍】

【默剧，播放抓狂的音乐】

舍友：哎呀哎呀（挠头，甩头，抓狂）这道题可怎么做？让我怎么办？

小芳：来，我帮你讲讲吧！

【开始讲题，舍友累了慢慢地进入梦乡，音乐逐渐变大】

【琪琪上场】

琪琪：小芳，我把饭给你买回来了！赶快趁热吃，今天外面特别冷。

小芳：你今天怎么回来得这么晚呀？

琪琪：嗯……我在路上遇到了一个老朋友，聊了几句。

（音乐）

【琪琪端着水盆走到芳芳面前，蹲下来，抬起芳芳的脚】

琪琪：天气这么冷，我来给你洗洗脚！

【琪琪帮小芳脱掉拖鞋，把脚放在盆里】

琪琪：芳芳，我试过了，水温很合适。天气开始变冷了，瞧你的脚多凉，以后我每天都给你洗洗脚。其实我们一点儿也不麻烦，照顾你呀都已经是我生活的一部分了。（表现照顾小芳并不需要刻意，琪琪一直在小声说话）

【PPT 加旁白】

【小蕊拿书上场，然后给小芳披上外套。三人一起和睦的情景，之后小蕊端盆下去】

旁白：就是这样一个集体的力量支撑了小芳前行的动力，爱心小组、爱心团队，每天推着她上课、活动、去图书馆，帮她打水、打饭、洗衣服。记忆里，宁愿躲在教学楼旁避风也不愿自己先上楼的男生，雨天一路为她打伞却淋湿自己的女孩，日日夜夜陪着她参加各种比赛未有任何怨言的同学……在奉献的道路上，他们亲手播撒着爱心的种子，已经在每一位同学心里发芽、开花。

1460 个日日夜夜，毫无怨言，从未遗漏过一天，一起走过的日子有太多的感动。正当繁花锦簇时，迎来了难舍难分的毕业季。

小芳：琪琪，你过来一下，我有件东西要送给你……这个，送给你吧，留做纪念！

科信，我走了，在这里有太多的牵挂。

科信，我走了，谢谢你们在这里给予我的爱。

科信，我走了，我真的走了！

旁白：小芳原型为河北工程大学科信学院 2009 级英语专业 2 班学生刘芳，现在英国留学。她身残志坚、自立自强、勤奋学习、拼搏进取的先进事迹在河北工程大学广为传颂，并且多次被省、市级媒体报道。她的事迹感人至深、催人奋进，集中体现了当代大学生良好的精神面貌。2012 年 5 月，刘芳被团中央评为 2011 年度“中国大学生自强之星”。

【闭幕】

太行女杰——黄君珏

作者　苗　丽　贾人歌
导演　龚晓会　杨　静

作品立足于邯郸优秀红色文化，以话剧形式讲述革命故事，缅怀革命英雄。全剧共分为四幕，第一幕君珏辞别父母投身革命；第二幕君珏接受组织紧急任务；第三幕君珏宁死不屈壮烈牺牲；最后一幕为君珏丈夫寻找到君珏尸身。一场场，一幕幕引领我们重温抗日女报人黄君珏的故事。尤其是黄君珏与王健、韩瑞同志隐蔽的山洞被敌人发现，凶残的日军在洞口点燃柴草，在生死关头，黄君珏抱定宁死不当俘虏的决心，冲出洞外，飞步来到崖边，纵身跳下，壮烈牺牲的一幕感人至深！作品人物形象鲜明，情感突出，在校内外演出五十余场，并在河北省第五届大学生艺术展演中荣获一等奖。

第一幕

黄君珏：爸妈我已经想好了，你们不要再劝我了。我一定要加入共产党，和广大爱国人士共同抗日。

母亲：你说你一个这么好的姑娘非要参加什么革命啊！你知不知道那有多危险，我跟你说，妈坚决不同意你去！

黄君珏：妈，您看看，现在国家都什么样子了！内战不断，外敌来袭，现在的中国就处于水深火热当中啊！我读书是为了什么啊！不就是为了让日本人不再欺负我们中国人吗？

母亲：你……你这孩子你怎么不听话呢！你走了，我跟你爸怎么办啊？你倒是说句话啊！

父亲：君珏啊！你真的想好了？你知道抗战革命意味着什么吗？

黄君珏：爸，我想好了，这就是我一生的选择。

父亲：去吧！去吧！中国的未来可能就在你们这一代人的手中了。

黄君珏:（跪在父母的面前，流着眼泪）爸，妈，自古忠孝不能两全，为了中华民族的生死存亡，女儿要离开你们，去打日本鬼子，请你们原谅女儿的不孝。

旁白：就这样，黄君珏告别了生养她的父母，加入到抗战的队伍中去，跟随报社的同志们出发前往前线阵地，从此天各一方，再未相见。

旁白: 1939年黄君珏夫妇奉党组织指派到太行山抗日根据地工作。黄君珏先在太行文化教育出版社任编辑，后又担任了《新华日报》华北版经理部秘书。

第二幕

【敲门声】

社长：进!

黄君珏：社长，我回来了，我从前线战场上带回了大量有价值的信息，目睹了日本鬼子的残暴行径，这是资料，您看看。

社长:（翻看资料）这可恶的日本人！你把资料整理一下，组织咱报社的人尽快发表，大量印刷，让更多的爱国人士了解战况，加入到抗战的队伍中去。

黄君珏：嗯，好的。

【电话铃响】

社长：这样，君珏，你先把这个工作交给别人。我接到了一个紧急消息，日军对我们太行山区抗日根据地发动了“五月大扫荡”，共5万兵力，妄图彻底摧毁我太行抗日根据地。这样，你马上组织咱们报社几名记者去前线驻地报道战况。此次前线情况危险，你可以吗?

黄君珏：您放心吧！我一定带领咱们同志完成任务，安全回来。

旁白：黄君珏将仅出生2个月的儿子托付给了村里的一位老乡，带领着10多名同志，反复穿梭于敌军的间隙中。在日军的一次扫荡中，君珏和同志们被日军发现，为了保护大量的资料，她们被逼上了太行山……

第三幕

【飞机轰炸声】

【黄君珏和同志们一起逃跑着，后面日军追击】

黄君珏：快看！同志们，前面有个山洞，咱们快点躲进去。

【炮声，枪声继续，鬼子出场】

黄君珏：同志们！日本鬼子已经逼近咱们躲的山洞了，这相机你们拿好了，里边是对前线战况的最新报道，你们一定要把它安全地交给组织。

同志：君珏，你这是……

黄君珏：我刚刚大致看了一下，顺着这往后边一直走有条小路，你们就在那逃出去。我去前边引开鬼子。

同志：君珏，不行，你不能去！外边那么多鬼子，你出去了就等于去送死啊！

黄君珏：同志们，这资料很重要，一定要有人把它安全带回去。咱们出来没带武器，现在只有我手里这三发子弹，起码还能打死两个敌人，听我的，你们赶紧从后边逃走。

【同志拉她】

【黄君珏朝鬼子方向打两枪，引起鬼子的注意，鬼子追她，追到了悬崖边上】

日本军官：不要让她跳下去！

日本鬼子：快点投降吧！

黄君珏：哼！做梦！

日本鬼子：别挣扎了！

黄君珏：虽然我们已经弹尽粮绝，但是，就算跳崖，以身殉国，我也不当俘虏。（黄君珏把手枪摔在地上，纵身跳下悬崖）

日本军官：混蛋，我们走吧！

旁白：太行含悲悼女杰，漳河呜咽祭忠魂。

第四幕

旁白：岳父亲启。夜九时，敌暂退，婿勉力带伤行，潜入敌围，寻到遗体，无血无伤，服装整齐，眉头微锁，侧卧若熟睡，然已胸口不温矣。其时婿不知悲伤，不觉创痛，跌坐呆凝，与君珏双手相握，不知所往，但觉君珏亦正握我手，渐握渐紧，终不可脱！山后枪声再起，始被惊觉，时正午夜，皓月明天，抱君珏而行，再行掩埋。吾岳有不朽之女儿，婿获贞烈之妻，慨属民族之无上光荣！

旁白：1981 年，中华人民共和国民政部追认黄君珏为烈士，颁发了革命烈士证明书，上面写着："黄君珏同志在山西辽县庄子岭反'扫荡'战争中跳崖壮烈牺牲，经批准为革命烈士。"

黄君珏生于 1912 年 4 月 19 日，牺牲于 1942 年 4 月 19 日，她的生日又是忌日。她在人世间仅仅度过了三十个春秋，但她那英勇奋斗、光辉灿烂的一生，将永垂史册！

【闭幕】

第五部分

绘画作品

河北工程大学科研楼

建筑与艺术学院环境设计 1801 班学生　郭爽

河北工程大学第三食堂

建筑与艺术学院环境设计 1801 班学生　郭爽

河北工程大学第二食堂

建筑与艺术学院环境设计 1801 班学生　郭爽

河北工程大学会议服务中心

建筑与艺术学院环境设计 1801 班学生　郭爽

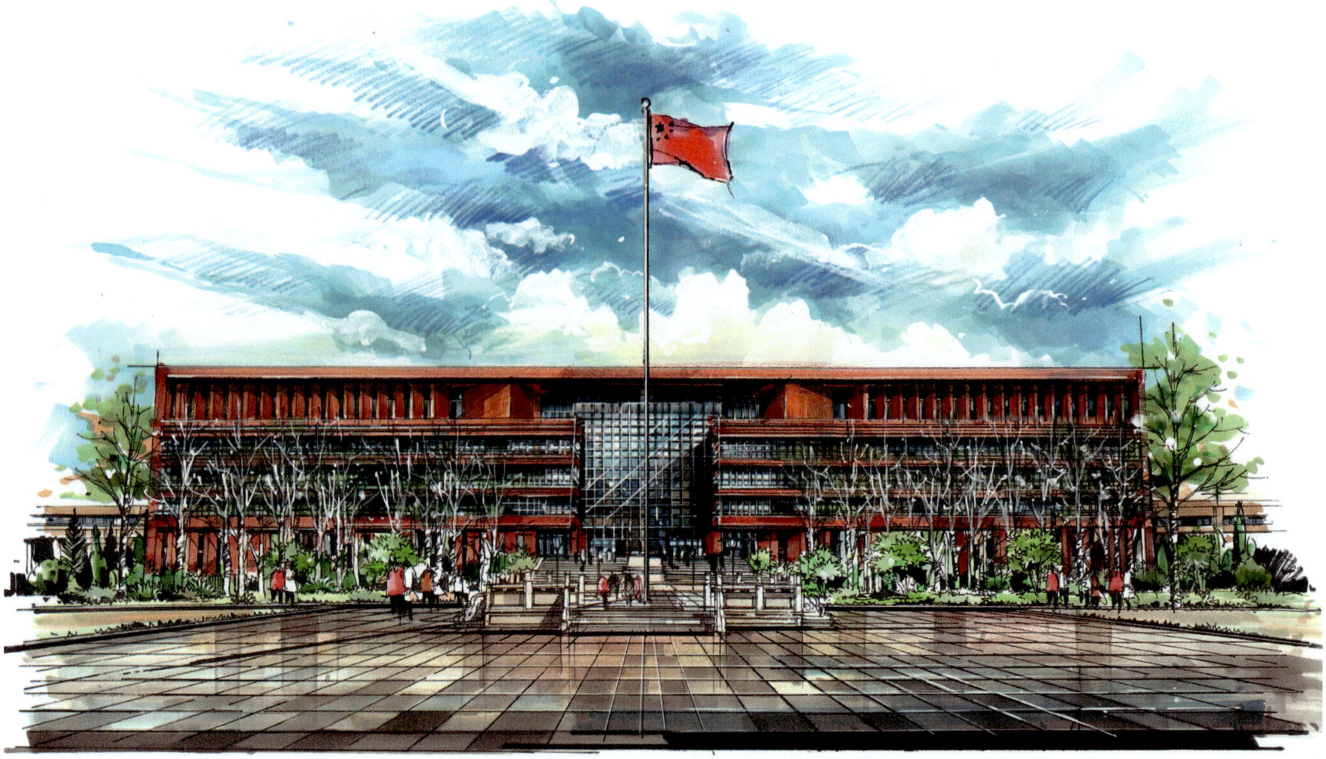

河北工程大学第二食堂

建筑与艺术学院环境设计 1801 班学生　郭爽

河北工程大学会议服务中心

建筑与艺术学院环境设计1801班学生　郭爽

河北工程大学行政服务中心前园林风景

建筑与艺术学院环境设计1801班学生　吴翘楚

河北工程大学行政服务中心远眺

建筑与艺术学院环境设计 1801 班学生　吴翘楚

河北工程大学宿舍楼下的梧桐树

建筑与艺术学院环境设计1801班学生　吴翘楚

河北工程大学第一餐厅

建筑与艺术学院环境设计 1801 班学生　吴翘楚

河北工程大学晴空下的主干道

建筑与艺术学院环境设计 1801 班学生　吴翘楚

河北工程大学湖边教学楼群像

建筑与艺术学院视觉传达1801班学生　霍梓豪

隐秘的角落

建筑与艺术学院 1902 班学生　修玉娇

四社区一角

建筑与艺术学院 1902 班学生　修玉娇

午后晴空

建筑与艺术学院 1902 班团支书　郝佳

四社区一角

建筑与艺术学院 1902 班团支书　郝佳

一处惬意

建筑与艺术学院 1902 班团支书　郝佳

河北工程大学一社区某建筑

建筑与艺术学院 1902 班学生　孙亚伟

校园 44 号楼手绘

建筑与艺术学院 1902 班学生　孙亚伟

四社区浴室手绘

建筑与艺术学院 1902 班学生　孙亚伟

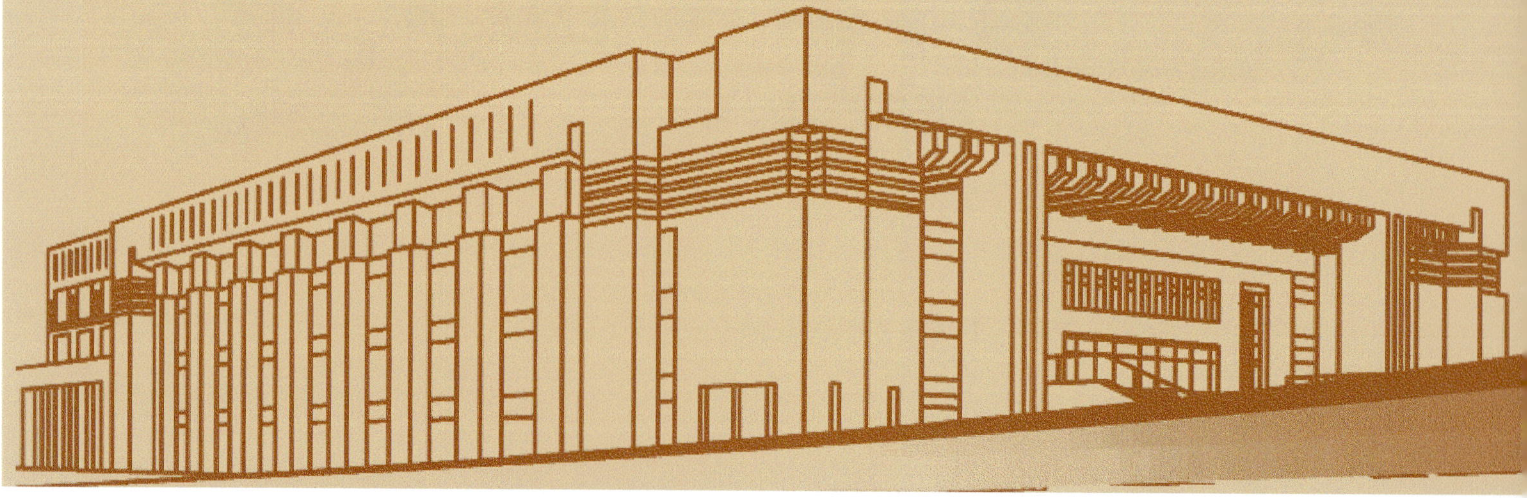

第六部分

摄影作品

河北工

马同堂　摄

马同堂　摄

王瑞峰　摄

王瑞峰 摄

王瑞峰　摄

刘胜　摄

刘胜　摄

刘胜　摄

刘胜　摄

刘胜 摄

刘胜　摄

刘超　摄

张泽晨 摄

秦志宇　摄

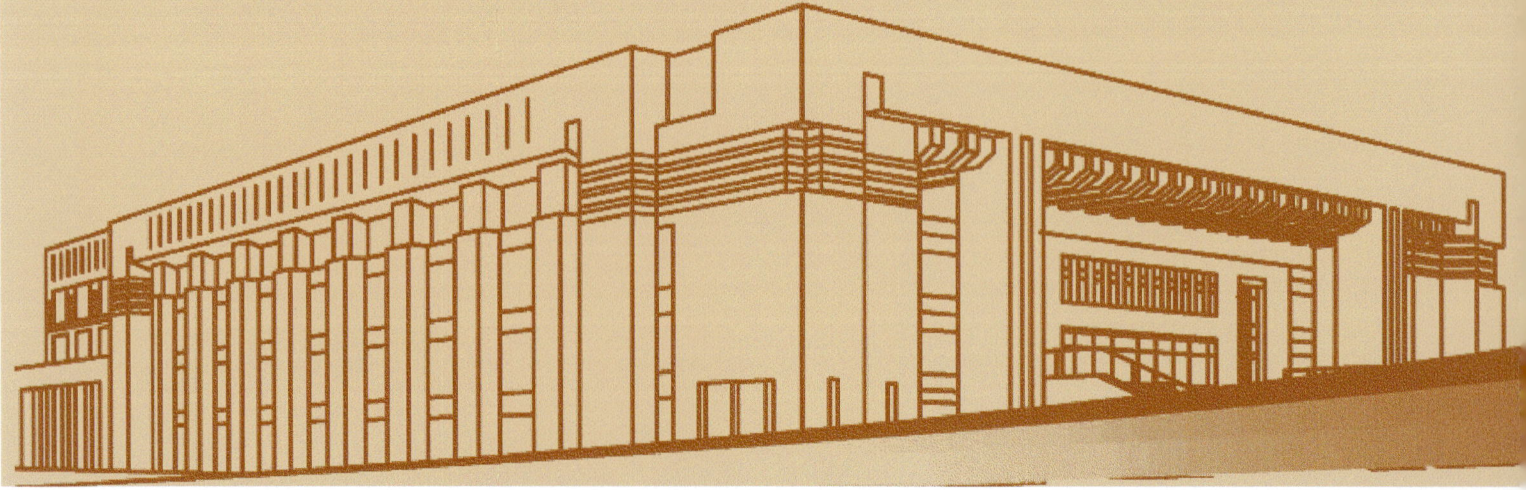

第七部分

古建筑构件

古建筑艺术是中华优秀传统文化的重要组成部分，是古代工匠精神的集中体现。学校积极筹建古建筑艺术博物馆，现已拥有古建筑构件1700件（套），其中有10余件（套）藏品被国内知名专家组成的专家组认定为达到国宝级水平，特别是北朝人面瓦当、北朝排水石兽、北齐佛塔砖系列藏品属国内首次发现，学术价值巨大。国家博物馆、河北省文物局和清华大学、同济大学、天津大学、华南理工大学等高校的专家来校参观后均给予高度评价，部分专家认为古建筑构件系列藏品在全国高校博物馆中“极具特色，独一无二”。博物馆现已成为新生入学教育的重要平台，建筑、土木、文博、艺术等专业的实习基地，大学生优秀传统文化教育的现场教学基地。

目前，馆藏历代建筑文物涵盖了瓦当、斗拱、画像砖、佛塔砖、排水管道、民居影壁、木制构件等几乎全部的建筑构件，形成了商周—春秋战国—秦汉—北朝—隋唐—明清完整的收藏序列。

其中，瓦当涵盖自西周至明清几乎全部历史时期，是考古学断代的重要实物资料和研究古代书法、篆刻、绘画的宝贵素材，对了解中国古代不同时期的政治、经济、文化等极具参考价值；所藏汉代山水宴乐升仙图画像石是国内极为罕见的珍品，形象反映了当时社会的服饰、器物等物质文化和人们的精神文化生活；排水管道涵盖不同历史时期且保存完好，序列连接紧密，形制类型迥异；柱、柱础涵盖汉代至南北朝多个历史时期，填补了该藏品领域多项古建研究空白；民居类藏品两座，其中影壁墙保存完好，纹饰丰富，寓意深刻，工艺极为精湛，是古代影壁珍品的典型代表；佛塔砖涵盖魏晋至隋唐多个历史时期，以北朝时期佛塔砖藏品为主，形成佛塔砖收藏完整序列，其中不乏多个国宝级佛塔砖藏品。

博物馆一楼展厅

影壁墙砖雕（清）

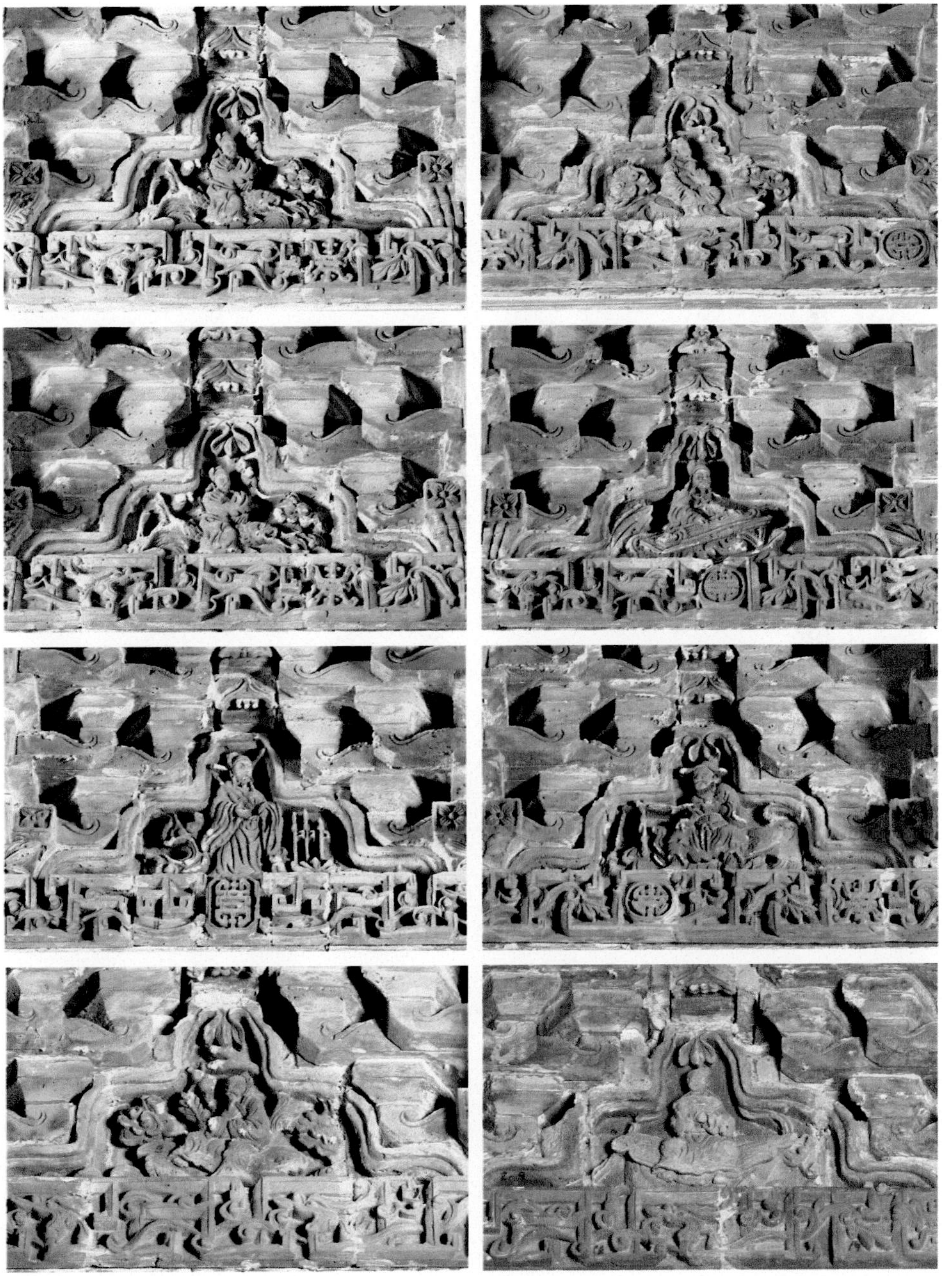

影壁墙砖雕（清）

砖雕门楼（清）

排水管道（秦）

画像砖（汉）

石雕狮子（清）

石雕狮子（清）

夔凤纹瓦当（秦）

长乐未央瓦当（汉）

与华无极瓦当（汉）

与天无极瓦当（汉）

云纹瓦当（汉）

彩绘云纹瓦当（汉）

莲花纹瓦当（北齐）

兽面瓦当（北魏）

秦砖

云纹瓦当（东周）

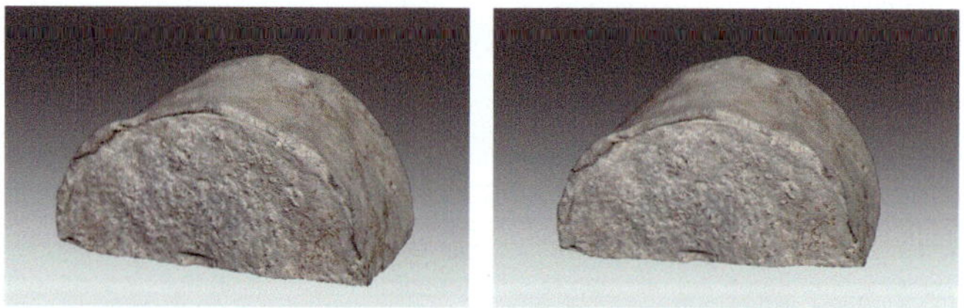

素面瓦当（西周）

饕餮纹瓦当（战国·燕）

树木瓦当（战国·齐）

人面瓦当（后赵）

造像瓦当（唐）

兽面琉璃瓦当（宋）

兽面琉璃瓦当（宋）

龙纹瓦当（明）

龙纹瓦当（明）

佛龛（清）

明器（汉）

木雕门楼（清）

佛龛（清）

佛龛（清）

陶楼（汉）

床榻（元）

影壁墙（清）

兽面砖（北齐）

兽面砖（东魏）

兽面莲花纹瓦当（北齐）

绿釉陶楼（汉）

吻兽（明）

石门（汉）

石吼（宋）

墓室石雕门楼（明）

墓室石雕门楼（明）

石雕墓门（明）

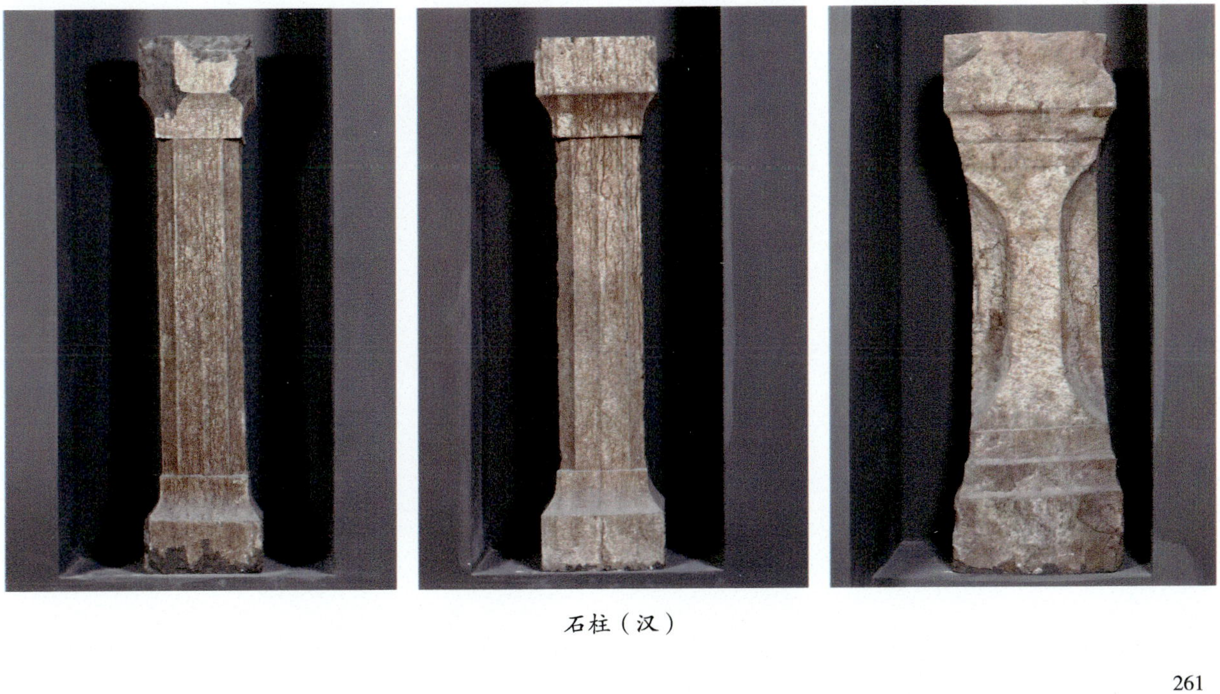

石柱（汉）

石像生（北朝）

石像生（唐）

后 记

本书由河北工程大学区域文化传承创新与高质量发展研究中心哈明虎、孙国栋、刘胜为主策划、统筹、统稿，杜献宁、刘超、万永彪、李怀、侯居荏、王彦林、薛晴、丹斌等参加编写，所收录作品均为学校师生员工为主的原创作品，以及古建筑艺术博物馆的部分藏品图片。所有作品均标明作者并征得本人同意。

本书得到教育部第二批高校思想政治工作精品项目“大工程文化育工程人”（教思政司函〔2019〕2 号）、2020—2021 年度河北省高等教育教学改革研究与实践项目“工程类院校大工程文化理论深入研究与育人实践拓广”（2020GJJG183）、2019—2020 年度河北省高等教育教学改革研究与实践项目“新工科背景下工科类高校文化育人研究”（2019GJJG246）、2022—2023 年度河北省高等教育教学改革研究与实践项目“‘四新’建设背景下大工程文化融入高校课程思政的逻辑阐释与实践路径”（2022GJJG258），以及河北工程大学大工程文化研究中心、区域文化传承创新与高质量发展研究中心资助，特此致谢。

向本书收录作品的作者致谢。李漠、黎铮、向哲等在资料整理、图片编辑、文物摄影、后期校对等工作中亦作出贡献，一并致谢。

由于水平有限，书中难免有疏漏和错误之处，敬请广大读者批评指正。

编者

2023 年 11 月